臺南作家作品集 第14輯

每個晨讀都是簡樸的邀請

蔡錦德 著

市長序

綿延如溪，潤物無聲

臺南，一座歷經漫長歲月的城市，自歷史的洪流中沉澱出豐厚的人文氣息。從先民篳路藍縷、拓墾立業，到今日巷弄街市間依然可見的傳統風華，這裡的一磚一瓦、一草一木，皆蘊藏著故事，也孕育著靈感。臺南的文學，正是在這樣的土地上生根、抽芽、茁壯，代代相傳，生生不息。

今年「臺南作家作品集」第十四輯隆重出版，每一部作品都是作家心血的結晶，也像是城市脈動的縮影，凝聚了地方記憶與當代情感。自二〇一一年首度發行以來，「作品集」持續擴展與深化臺南的文學風景，也見證了書寫者與讀者之間溫暖的交流。

臺南文學的可貴之處在於兼容古今，包納多元。不論是書寫歷史歲月的悠遠回聲，還是描摹當下人們生活的細膩觸感，這些文字如同溪流，涓涓細潤，悄悄滋養著城市的靈魂。臺語與華語交織，散文、小說、劇本、評論並陳，正是這種豐富而自在的創作活力，使臺南文學在臺灣文學版圖上綻放獨特的光采。

長年以來，臺南市民之珍愛土地、歷史與文化素享盛名，作家亦以筆為橋，連結古今，將府城的光影、街巷的聲音、市井的喜怒哀樂，化作動人的篇章。他們的作品不僅記錄時代，也撫慰人心，讓人在文字間感受土地的溫度與城市的呼吸。

我始終相信，一座城市之所以動人，不僅在於它的建築與風景，更在於它蘊藏的故事，以及代代書寫這些故事的人。今日，「臺南作家作品集」第十四輯問世，正是這份城市記憶與精神的延續與祝福，我們藉此向過去致敬，也替未來播下希望的種子。

願「臺南作家作品集」第十四輯的六部作品如春雨潤物，於無聲之中滋養更多心靈；也願臺南文學如溪河，繼續綿延長流，在這一片文化的沃土上世代傳揚。

臺南市 市長

黃偉哲

局長序

文學，讓城市發聲——在臺南的光與影中書寫時代

如果說一座城市的靈魂可以被看見，那一定是在她的文字裡。文學，總能在日常中挖掘出不尋常的閃光，在時間縫隙裡留下誠實的聲音。

對臺南來說，文學不是裝飾，而是與我們生活緊緊交織的氣息，是從廟埕到市場、從巷弄到書桌，一路延伸出來的生命紋理。

「臺南作家作品集」第十四輯，是對這份紋理新鮮且精彩的一次描繪。這一輯收錄六位作家的作品，不同的書寫語言，不同的創作形式，但都帶著同樣的熱度與真誠。他們筆下的臺南，或溫柔、或犀利、或懷舊、或實驗，無論題材或語感，都讓人讀來驚喜不斷。

我們看到龔顯宗教授回望知識旅程的沉穩與通透，看到蔡錦德以細膩幽默寫下臺南人情的光與影，也看到陳正雄、鄭清和、周志仁三位作家，讓臺語文學在小說中活蹦亂跳、不拘一格。陸昕慈則用劇場語言與歷史對話，創造出具當代意識的舞臺文本。這些作品證明，臺南的文學場域從來不是一條單線，而是如同城市本身，有著無數交錯豐富的可能。

這樣的多樣性，是臺南文學最迷人的地方。它既扎根於本土，也敢於張望世界；既珍惜語言的脈絡，也不害怕形式的突破。在這些作品中，我們聽見臺語的節奏、看見歷史的縫隙，也遇見過去不曾想像的臺南——不只是古老的，也可以是摩登、甚至前衛的。

文化局推動「臺南作家作品集」，不是為了將文學「典藏」，而是希望讓它成為流動的能量，走進書店、進入學校、走進社區，在各種日常中被閱讀、被討論、被喜歡。我們更期待，它能激起更多創作者投入文字的創造，讓寫作成為臺南文化生命的日常運動。

讓文學繼續發聲，讓臺南被更多人看見、讀懂。這是一座城市送給自己的情書，也是一場永不止息的文化行動。

臺南市政府文化局 局長

黃雅玲

主編序

文學長河

王建國．臺南大學國語文學系教授

臺南，向來是臺灣文學與文化的首善之地：人文薈萃，作家輩出；老幹新枝，生生不息；古往今來早已匯聚成一道文學長河。夏日午後，豔陽高照，文化局召開臺南作家作品集編輯會議，巧合的是，七月十六日，也是一個很有歷史性及紀念性的日子：一九二〇年的這一天，《臺灣青年》雜誌在東京正式發行，後來即便迭經不同經營形態及更名：《臺灣》、《臺灣民報》（半月刊、旬刊、週刊）、《臺灣新民報》（週刊、日刊）……，都是當時臺灣文學與文化的重要園地，而本年度「臺南作家作品集」，繼往開來，也將成為臺南文學長河中，一道波光瀲灩的美麗風景。

本屆「臺南作家作品集」推薦與徵選作品共計九冊，一致獲得評審委員肯定與青睞，只是，受限於結集冊數，不免有所割捨，最後在評審委員一一表達意見及充分交流後，極具共識地——異口同音！——選出推薦作品：《拾遺集》與徵集作品：《每個晨讀都是簡樸的邀請》、《毋-捌--ê》、《再來一杯米酒》、《司馬遷凝目注視》、《拾萃》共六冊；深具文類（含括：散文、小說、劇本、評論）及語體（中文與臺語）的代表性與多元性。

龔顯宗先生《拾遺集》：龔教授集作家與學者於一身，出入古今，著作極為豐厚而多元，同時也是臺南文學與文化重要推手，曾獲第十三屆府城文學特殊貢獻獎。〈自序〉稱述學思歷程及說明各文來源，同時有得意門生許惠玟研究員對其學術之詳實評介，內容主要分成三卷及附錄，收錄早年罕見的文藝創作與學術研究彙編（沈光文的相關研究、梳理《池上草堂筆記》、〈西灣語萃〉選錄經典人生話語集錦並附上個人解析……）、出國講學、首屆世界漢學會議紀實等珍貴成果，見證其從文藝青年一路走來，成為桃李滿天下、卓然有成的學者專家；而不論其角色身分如何轉變，始終鍾情於文字、文學與學術。

蔡錦德先生《每個晨讀都是簡樸的邀請》：當中篇章多為副刊發表之作，質量均佳。內容分「寶島家園」、「心儀人物」與「海外旅情」三輯，係對個人生活周遭人、事、物（包括：文學經典的反芻、旅遊名勝的感懷、人類文明的思索……）的諸多體驗、觀照與省思，閱讀廣泛，且閱歷豐厚，整體而言，文筆流暢、雋永可讀，加以內容幽默詼諧、溫馨真摯，可謂現代小品文。

陳正雄先生《毋－捌－ê》：共收錄十篇臺語小說，包含三篇文學獎得獎作品。內容多取材個人成長經驗及鄉里故事，具個人傳記暨家族敘寫之意義，同時呈現一定地方色彩，語言流暢，故事動人。

鄭清和先生《再來一杯米酒》：題材內容質樸，或「寫市井小民生活的悲苦與無奈」，或「寫女性，為苦命的女性發聲」，多呈現臺灣早年生活經驗，作者擅長敘寫鄉里小人物的情感及生活點滴，其中，〈無垠的黑〉以華語為主調，間亦融入生活化臺語語彙，情節緊湊，可讀性高。

周志仁先生《司馬遷凝目注視》：內容分甲編：「眾生的年輪」與乙編：「回歸質樸的所在——鄉土篇」，為歷來獲獎暨刊登作品之結集。小說技巧純熟，行文敘寫及創作內容，多帶有《莊子》、《金瓶梅》、唐傳奇……等古典文學色彩，且能從中翻出新意。〈司馬遷凝目注視〉猶如一闋臺灣史詩，與臺南也有深厚地緣關係，就題旨而言，作者或有意以史家之眼、之筆，鳥瞰與書寫臺灣歷史發展。

陸昕慈女史《拾萃》：主要收錄曾獲文化局及國藝會委託或補助之六部轉譯／改編臺南歷史文化劇本（含三部布袋戲劇本），並於二〇一五至二〇二三年間實際演出，題材內容多元，裨益地方文化發展，尤其，此間搭配作品影音連結（QR Code），更有助於案頭戲與舞臺演出之相得益彰。

去年，「臺南四〇〇」在大街小巷熱鬧展開，當時結集成冊，正好躬逢其盛趕上這波文化熱潮，而今年付梓面世則又恰逢「府城城垣三〇〇年」；其實，不論四百年抑或三百年——不能不說，也不得不說，臺南文化確實底蘊豐厚——這次出版各冊作品裡面也富含其元素，有興趣的讀者，不妨隨著作品裡的文字細細尋覓，相信定當有所收穫，而亞里士多德（Aristotle，三八四 B.C. 至三二二 B.C.）稱「詩（文學）比歷史更真實」，說不定也能從中發現更具本質與意義的內涵，同時享受閱讀與思考帶來的諸多樂趣。

推薦序

推介《每個晨讀都是簡樸的邀請》

張清榮．國立臺南大學國語文學系教授

為人謙和，處事低調的作家蔡錦德先生，自二〇一七年開始，以「翁少非」筆名在《中華日報》副刊撰寫專欄「林邊手記」，七年有成。錦德兄將單篇佳作集結成冊，書名為《每個晨讀都是簡樸的邀請》，經臺南市政府文化局審查通過，入選於「臺南作家作品集（第十四輯）」中，將於七、八月間出版，並囑咐撰寫推薦文章，清榮有幸先拜讀全文，備感榮幸喜悅。

《每個晨讀都是簡樸的邀請》，書名雖長，只要掌握關鍵詞「晨讀」、「簡樸」及「邀請」，即可理解其深意。書名的構思成形於亨利．梭羅的《湖濱散記》，因為錦德兄接受梭羅晨讀的「邀請」，和梭羅的心靈王國黏貼，是如此的契合，如此的共鳴，而有相同風格的大作問世。

在此，我要將書名演繹為「每個晨讀都是華麗的饗宴，收穫豐盛的受邀。」因為「寫作和閱讀」是作者和讀者的互動，作者經由寫作發出邀請，讀者必須打開書卷接受邀請，這一心靈共鳴的敲擊才有可能如響斯應。

錦德兄曾任國小教師多年，臺北啟明、臺南啟聰及臺南啟智三所特教學校亦有其奉獻的身影。在教學生涯中，也投身升學壓力沉重的臺南一中教學現場。又曾以豐贍的學經歷背景加入非營利組織，擔任弱勢族群的訪視、救助、培力工作。更曾任大學院校講師，稱職的傳道、授業、解惑。最後則靜極思動的參加交通部觀光局的「導遊」及「領隊」特考，在錄取率不高的競試中，榮登金榜取得證照，兼具「導遊」及「領隊」身分。

簡介錦德兄的學經歷，主要在證明為何其大作是「華麗的饗宴」，因為他將生命、情感全心全力投入這些工作，又有如椽彩筆將聞見思形塑、聚焦、黏貼成作品。而「收穫豐盛的受邀」指的是讀者必須「開卷」，才有可能閱讀他這一部人生的大書，以及古往今來的地景、自然、人文，和他的心弦相互共鳴。這時，你會發現心窗之外一片光明，心田之上繁花似錦，心版之中銘刻完美形象。你會覺得閱讀這本散文集，讓你快樂，使你聰明，成為收穫豐盛的收割者。

這本散文集的題材共分三類：其一為生於斯、長於斯的家鄉風土人情，其二是堪為吾人心靈南鍼的古今典範人物，其三則為境界開闊的他鄉異國風情。如果以樹木年輪為比喻，第一圈為核心基礎的「寶島家園」，第二圈是逐漸形塑其人格志向的「心儀人物」，第三圈是往外無限擴大的人間淨土、心靈歸宿的「海外旅情」。如此的規畫恰與其成長過程、求學經歷、壯遊世界的三個人生階段若合符節。再加上三個專輯的開頭都加上安徒生的箴言銘語，既有「點題」的效果，讓讀者知曉本輯的敘寫重點為何；又可以提醒讀者閱讀本輯後進行回憶省思，使各輯中的地景事物史實，更深刻清晰的銘印在讀者心版上。如此安排設計，雖說「簡樸的邀請」，實則為周詳溫馨的頂禮邀請讀者沉靜閱讀。

輯一「寶島家園」的內容是結合鄉土風情，描繪臺灣人多情善良的面向，錦德借引安徒生「不管走過多少迂迴的路，心裡的善良種籽都有萌芽的一天。」來點題。錦德筆下沒有富商巨賈、達官顯要，有的是如同你我般勤勤懇懇工作營生的善良鄉親。

在本輯中，少了一條後腿的小蚱蜢可以入題，柚子的花香則勾起對麻豆的濃濃故鄉情，「歡欣花圃」的描述則傳達癌末患者，捐贈兩百多盆花草給作者工作的「NPO非營利組織」，由志工們協力照顧，得以讓樓頂綠意盎然、花香瀰漫，引起記者興趣以「為花草託孤」進行專題報導。文章開頭安排：英國女子丹妮絲遷居美國後，以Google Earth搜尋到母親生前澆花的身影，激起她的思念孺慕之情。文末則和開頭呼應，出現捐贈者李媽媽的女兒，帶著她的孫子小耀來參觀花園。歡欣花園中洋溢驚喜聲，彷彿是一條無形的長繩，正好串起她們三代間的親情。

錦德的文章正是如此的魔力，在本輯三十篇文章中，每篇都是如此布局，將濃濃的情意蘊藏在字裡行間，發出散文篇章感人的馨香。

輯二「心儀人物」共有二十篇，以安徒生「只要你是天鵝蛋，就是生在養雞場裡也沒有什麼關係。」點題，強調本質重於存在，先天能力加上努力，更可以突破困境展露頭角。文中出現梭羅、安徒生、史帝芬．霍金、張雨生、葉佳修及潘安邦、海明威、叔本華、佛洛伊德、傑克．倫敦、奧黛麗．赫本、珍．奧斯汀……世界聞名的作家、天文學家、哲學家、心理學家、電影明星……錦德或探訪其故居，或演述其學術理論，或讚揚其研究天文的成果，或概述電影本事及探訪拍片現場，暢談其演藝風采……其中以〈澎湖有個外婆灣〉最是感人。民歌手葉佳修專為潘安邦寫作的〈外婆的澎湖灣〉，藉由潘安邦和外婆的孺慕情深，錦德移情在自己及外婆的互動上。他寫到自己早逝的媽媽，外婆悲痛不捨的眼淚，更不捨外孫們年紀幼小欠缺母愛呵護，讀來真是令人淚目。再回到潘安邦身上，以及澎湖縣政府，對於嬤孫的塑像，完成了錦德對外婆滿滿的思念。

錦德在第二輯中，仍以深情的語言、具體的事物、具象的畫面，將抽象的「情」完滿展現，令人認同其對偶像、典範人物心儀之誠真。

輯三「海外旅情」全部是錦德帶團或獨旅的見聞及感觸，本輯共計十九篇，仍以安徒生的話語點題，寫的是「旅行對我來說，是恢復青春活力的源泉。」特別強調「旅行」二字，可知其壯遊天下的抱負，也了解他藉旅行來激發自己噴發向上的動力。

本輯除了〈西藏行旅掠影〉及〈大馬太平湖畔的雨樹〉兩篇寫的是亞洲，其他十七篇都以歐洲為描寫標的。歐洲的神話、傳說、寓言及童話等人文背景，加深加廣值得令人「想旅就旅」

的面向。在本輯中出現啤酒、橘色風情、情人節、藍色映像、古老王宮、白色風車、直布羅陀海峽、洛卡岬、黑海、花園、鴿影、單車情、天鵝……描述的對象多元變化，但都以其歷史背景、人間恩怨愛戀為內容，使得文章逸趣橫生。相信讀者閱讀錦德如此「導遊式」的說明，必定提升跟團的意願，能夠進行深度的旅遊，而不是蜻蜓點水、豬肉沾醬油式的走馬看花。

錦德以其教師的聰穎資質，宗教家悲天憫人的襟懷，真誠多感的心思，從事多項工作，本身就已經是一本大書，值得一再翻閱品讀。在人生最成熟的五十年華，轉向導遊及領隊工作，不但深入研究各景點的歷史背景，並且能「跨領域」的結合文學、電影、歷史、戰爭、戲劇、心理學、自然科學……在導遊時詳加說明，並在文章中清晰表達，文筆流暢優美，一經閱讀即不忍釋卷。

這是一本讓你讀了覺得聰明、快樂，變得有學問的旅遊散文大作，大家盍興乎來，即時接受這場華麗的閱讀饗宴吧！

——二〇二五年一月九日寫于府城拿雲織錦樓

自序

《每個晨讀都是簡樸的邀請》選錄近幾年，發表在《中華日報》副刊「林邊手記」專欄的文章，計有六十九篇、十萬餘字，依題材內容編為三輯：「寶島家園」、「心儀人物」和「海外旅情」。

一九七四年在龍潭服預官役，有幸與名作家洪醒夫同連隊。他得知我喜歡文學，不僅推介文壇的師友楊逵、鍾肇政、宋澤萊……增廣了我的見聞，還鼓勵我學習梭羅的《湖濱散記》，書寫一序列的生活哲思。於是，我開始以「翁少非」筆名，撰寫〈林邊手記〉在報章投稿。

由於繼續求學與職場工作的關係，這段期間除了寫幾本有關兒童語文與創造思考的書籍、零零落落幾十篇小說、散文外，專注的文學創作幾乎停擺，直到二〇一七年才重拾禿筆，蒙《中華日報》副刊羊主編憶玫的提攜，闢為華副定期刊出的「專欄」，之後續任的謙易、曉頤主編鞭策，「林邊手記專欄」與讀者見面已有七年的光陰，感謝之至。

本書，輯一「寶島家園」：臺灣的人情最豐美，〈小蚱蜢〉、〈未完成的畫作〉、〈相遇在永康康橋大道〉……輯內這些文章，描寫在寶島臺灣的日常生活中、人群服務中，我所覺察到的人間善良溫馨。

輯二「心儀人物」：從小我就喜歡看傳記故事，雖然未曾和他們謀面，但恩里克王子、南丁格爾……等這些心儀人物，他們的志業、奮鬥或善行都深植心田，時常浮現在我的腦海裡迴旋。

輯三「海外旅情」：以前忙於工作，近年來則忙著補修旅遊學分。每每置身於異國風情，無論是巴黎、布魯塞爾、阿姆斯特丹……都會情不自禁的連結古今，以及自己的所學所思，藉寫作試圖整理自己、完形自我。

安徒生說「僅僅活著是不夠的，我們需要自由、陽光，還有一朵小花。」凡塵中，隨著年紀增長越來越喜歡閱讀、過簡樸生活，而以「每個晨讀都是簡樸的邀請」為書名，除了呼應在華爾騰湖畔生活的梭羅，亦在貫串與分享自己的生命感悟，也許這就是安徒生所說的那朵心靈小花吧！

在漫漫寫作的路途上，非常幸運的，有亦師亦友的大作家張清榮、黃瑞田、蔡文章……長期給我的指引，以及家人英子提供咖啡助思、君陽和筱筑協助製作《非，選詩》、《非，輕小說選》等電子書，感覺走來無比的歡欣喜悅。

離上次拙作入選臺南縣文化中心《南瀛文學選》（一九九一）好久了，今年這本書很榮幸的入選「臺南作家作品集（第十四輯）」，得以專書出版問世，衷心感謝臺南市文化局，以及評審委員的評鑑薦舉，期盼文學界諸位先進、讀者諸君不吝教正。

目次

輯一　寶島家園

不管走過多少迂迴的路，
心裡的善良種籽都有萌芽的一天。
——安徒生

小蚱蜢

這隻褐色的小蚱蜢陪我坐在望安潭門港的木椅上，牠好像在打探遠方颱風的蹤影，動也不動的望向浪聲滾滾的海面。

早上我在民宿起床，電視正在播報颱風從菲律賓掃向臺灣海峽的消息。我努力的聽著，但都沒聽到自己想聽到的「颱風接近澎湖群島，請望安遊客要注意安全」的提醒。後來，自己覺得好笑起來，只因人在望安才會這樣的期待吧！

這兩天都在社區關懷中心帶兒童活動，上午課程結束後，社工騎機車載我到碼頭搭船，還好這艘由七美回馬公的「南海之星」沒有停開，大約一個鐘頭會到達這裡。

走進港口附近的一家飲食店，店裡只有寥寥幾個顧客，不久來了一對打扮時髦的中年夫婦，他們點幾樣自助餐的菜，吃了一會，那位女士突然叫說：「喂，你們沒有附湯嗎？」

「哦，沒有！我們……」老闆娘話還沒說完，尖銳的聲音又響起：「什麼？我們臺灣，湯一大鍋都隨便你盛。」

「因為平常客人不多，湯需要燒瓦斯來保溫，這兒的瓦斯都要從馬公運過來。如果客人要的話，我們會馬上煮。」老闆娘耐心解釋後，把煮好的一大碗湯端過去，他們還是臭著臉。我離開時聽到那位男士嘀咕著：「太扯了，還要客人開口，我們臺灣……」

走出飲食店在岸邊涼亭的椅子上坐定，這隻姆指大的蚱蜢停在我的身旁，一動也不動的，當我拉近鏡頭拍攝牠的時候，才發現牠少了一條後腿。涼亭外的草坪飄來辣鼻的青草味，我猜想可能是在剪草時弄斷的，當隆隆響的割草機橫掃過草地，不知有多少的昆蟲因此殘缺了軀體或生命。我不捨的看著牠好久。

「南海之星」來了，載客後駛出港灣，走到大海中起了大浪，水花撞進船艙裡，船兒踉踉蹌蹌的，忽高又忽低，原本聒噪的乘客都緘默下來，不久傳來幾道的嘔吐聲。

「喂，能不能把船開穩一點？」有人對前來探視的工作人員說。

喔，原來是那對夫婦，那位女士臉色蒼白的呻吟著，顯然暈船得很厲害。

這位陽光浴黑皮膚的工作人員咧嘴笑著說：「沒問題，等一會我來鋪柏油路吧！」然後拿藥膏遞給她的先生，請他幫太太抹抹太陽穴解暈。

我以為又會聽到他們的口頭禪「我們臺灣……」，幸好，沒有，於是我鬆了口氣，心思又回到這隻小蚱蜢身上。

天色陰沉沉了下來，風浪不斷的增高，小蚱蜢還在那兒諦聽颱風的訊息嗎？

——二〇一七年七月二十七日刊於《中華日報》副刊

柚花香甕入情

我的故鄉麻豆得天獨厚，擁有一季的芬芳。每年二三月間滿園的柚花飄香，沁入心肺讓人愉悅。香氣雖不能久留，但留在記憶裡的香氣卻能歷久不衰。

文旦的白色花苞會先綻開花瓣，露出鵝黃的雄蕊和青綠的雌蕊，吸引蜜蜂群訪；花瓣掉落後枝頭的幼果滋長，大約在中秋節前採收甜美多汁的果實。

童年，柚花開的季節，天貓霧仔光時，我們跟著阿嬤去附近的文旦園，撿拾掉落在樹下的花瓣，要上學時才回家。依稀記得年幼的弟弟常打翻桶子，害我得費時撿回，我幾番抱怨，但阿嬤不想把弟弟留在家，媽媽病歿後阿嬤就代替了母職，要隨時看著我們她才安心。放學後阿嬤把賣柚花的錢給我們當零用錢，那時感覺這些錢都沾有花香，而花香裡帶有阿嬤的溫暖，隨著年歲的增長，這感覺逐漸釀成一罈麻豆鄉情的美酒。

曾文中學初中部（現為麻豆國中）畢業，考上屏東師專，我離開家鄉到外地求學、南北奔波工作生活，從此宛若被龐大的命運履帶，隨意運轉到陌生之地。在異鄉待久了，誰不會渴望看見熟識的臉孔和事物。

在臺北啟明教書時，我經常從租屋處踩過幾條街，為了買一份南部報社發行的報紙，而後仔細閱讀南部版新聞，總想把裡面的字句拼成家鄉臉譜似的。有一次新聞報導病蟲害猝襲家鄉的文旦園，那一張張文旦樹枯死的照片，讓我難過得佇立在街頭許久。

據傳「麻豆文旦」是一八五〇年間由麻豆郭家引進種苗，經過一代代的用心栽培和繁植優良品種，以及農會經常舉辦觀摩、推廣與行銷，而得以名聞遐邇。在報端麻豆人書寫麻豆的文章，文旦就是麻豆人的共同記憶。

前些日子曾文初中三仁的同學陳文昱，約我回麻豆參加「柚城少棒隊球場落成一周年慶」。文昱離鄉後旅居高雄市，經營事業有成，幾年前返鄉捐贈土地當球場，也整修老屋當為少棒發展協會的辦公室。

由麻豆主辦的「二〇一八年第三屆柚香盃社區少棒邀請賽」即將開賽了，他說這是家鄉的光榮，會繼續贊助支持。那天我倆敘舊聊到民國六七十年間，麻豆也曾舉辦全國性的「五王盃排球桌球錦標賽」，各地高手雲集，觀眾蜂擁而至，讓麻豆好不熱鬧。談到這些他的臉上亮著光彩，問他童年曾否撿拾過柚花賣。正如我預期的，他點頭。

家鄉的文旦柚花雖然不及玫瑰花浪漫、不及桂花香的濃郁，然而卻這麼的甕入我們麻豆人的親情和鄉情裡。

——二〇一八年三月二十四日《中華日報》副刊

樓頂花圃的訪客

最近這則國際新聞吸引了我：英國女子丹妮絲一年前搬到美國定居，突然想念老家就用 Google Earth 搜尋，居然看到了媽媽生前澆花的身影，讓她激動不已。

她的媽媽一如往常的在花園澆花，看似家居生活的小事，但往往蘊藏著她們兩代間深摯的親情，這也讓我想起離開教職，在 NPO 非營利組織工作時，辦公大樓的樓頂花圃所發生的事。

有一天，志工團團長跑來找我商量，她有個癌末的朋友李媽媽住院了，擔心所養的兩百多盆花草，怕她的先生一個人照顧不來，想把盆花捐出來，看我們能不能幫忙。

這個動人的願望激發伙伴們的想像力，於是設想在樓頂闢「歡欣花圃」來收養。徵得大樓管委會同意後，加強樓頂的防漏、排水功能，添置花圃遮陽設備，以及安排志願照顧的人員，很順暢的成全這樁美事。

這些花草雖不名貴，卻讓樓頂綠意盎然、花香瀰漫。記者得知，以「為花草托孤」為題報導。志工們很貼心，把花草成長情形拍照，拿到醫院給李媽媽看，以解她的相思。

「歡欣花圃」充滿溫馨的張力，我們總喜歡邀請來機構參訪的人上頂樓，除了鳥瞰高雄市，眺望遠方的煙雨柴山或流淌的愛河之心，也分享花草託孤的這則故事。

九個月後李媽媽病逝了，我們都很難過。事隔三年，有一天傍晚有位媽媽帶著孩子從臺北來訪，說想要到頂樓參觀。

「我是李媽媽的女兒，感謝您們幫忙照顧花草。」她的臉上漾起微笑，說：「今天，我特地帶孩子來觀賞阿嬤的盆栽。」

我有點迷惑，問：「怎麼？隔那麼久。」

「孩子年齡大些比較能感受，今年小耀要讀小學了，趁開學前專程來。」她陪孩子在花圃裡邊欣賞邊拍照，在一盆蘭花前駐足，驚喜的說：「小耀，就是這盆，小時候，阿嬤抱著你澆花，我拍下照片，記得嗎？」

突然，我感覺在歡欣花圃裡穿梭的驚喜聲，彷彿是一條無形的長繩，正在串起她們三代間的親情。

——二〇一七年十一月十日刊於《中華日報》副刊

窗口邊的探望

從年輕時代開始，有事沒事我就喜歡站在窗前，張望窗外的世界。

也許是電影《第凡內早餐》奧黛麗．赫本站在櫥窗前，邊喝咖啡邊看店裡的珠寶那副憧憬的神情；或是黑柳徹子《窗邊的小荳荳》跑到窗前等候，叫住化裝廣告人為小朋友彈奏那種興奮的神采，讓我學樣而迷上了探看窗外吧！

總之，我換跑道來非營利組織工作，仍保有這樣的習慣。辦公室在大樓最高層樓的九樓，工作累了時我伸伸懶腰走到窗口張望：北平街的車子行人、路口按時轉換的紅綠燈或是時晴偶陰的柴山。

這種張望都是漫無目標的瀏覽，直到有一天看到這張訪視內容「六十多歲的江媽媽，獨自照顧癱瘓在床的兒子二十幾年……」發現江媽媽就住在左前方的巷子內，我的張望才有了焦點。

協會社工定時去家庭關懷，提供白米和食物券。三個月後我去拜訪滿頭白髮的江媽媽，她滿臉倦容談起坎坷的境遇：先生船難往生，兒子又因車禍神經受損，下半身及雙手萎縮，自己如何竭力的挑起照顧的重擔。

她們住老舊公寓的四樓，沒有電梯，不到三十坪，二房一廳，斑駁的牆壁、翻唇的地板，牆角都放有老鼠夾。沙發旁邊有一張行軍床、一根長棍子，我好奇的問，她說：「晚上我把行軍床搬到兒子房門外，睡在門口那兒，棍子是用來驅趕老鼠，以防老鼠跑進去咬他。」孩子癱瘓在床多年，她還是親自守護，不捨得把他送去療養機構。從她家的陽臺，就可以看到我們的辦公室，便邀請她有空來坐坐。

春節前志工去她家幫忙打掃，讓她能喘個息，五六位志工忙了三天，粉刷牆壁、清理房間、刷洗地板，把陽臺的雜物清空，還從「歡欣花園」選了幾盆草花，掛在陽臺上。

年後，有電視臺要報導「看見希望宅急便服務方案」，她答應現身說法，梳理了頭髮來辦公室，分享心路歷程以鼓勵受困家庭。採訪結束，我邀她站在辦公室的窗口張望她的家，陽臺的矮牽牛花綻放著，常春藤攀爬在牆壁嬉遊。她凝望她家的陽臺有好一陣子，臉龐浮出了一絲的神采。

從此江媽媽的陽臺成了探望的焦點，讓我時常像奧黛麗·赫本盯視珠寶、小荳荳盯緊化裝廣告人般的看得出神。

——二〇一七年十二月八日刊於《中華日報》副刊

未完成的畫作

完形心理學說未竟之事（unfinished business）看似事過境遷，實際上是被壓入潛意識，時常會藉機跑到意識層面，干擾人的思維情緒或生活。

前年八月文史作家邱秀堂帶夫婿名建築師、漫畫家王澤，用「老夫子序列」彩繪她的家鄉竹田美崙村，我路過美崙村就會去觀賞這些壁畫。觀畫時，腦海裡有一幅未完成的壁畫，突然跑出來翻騰我的思緒。

去民間慈善機構工作那年，正值這家機構開始專業化轉型，包括聘用專職社工、將傳統的金錢濟貧改為陪力受困者的服務方案。主動求助或被轉介來的個案，經社工訪視評估，若同意做社區服務，則會給予較長期間的經濟協助。

有一份社工的「給予經濟協助、陪力服務方案」，報告上寫著「案主未列低收入戶，收入不穩、生活有困。曾為電影看板畫師傅，失業已久，賦閒在家，常喝酒解悶……」

電影看板畫師？那是畫影視大明星畫像的人哪，畫師的技能大都來自師徒傳承，只是電腦彩印崛起，他們的工作被取代，失去工作不只是失去收入，有時候也會失掉尊嚴，甚或失掉生活樂趣吧！

我在教職時，曾受託去跟街友晤談。有一位失業的「戲院放映師」來高雄尋友未果，因沒有盤川露宿街頭被安置在收容所，他打開話匣跟我分享他的過去，對美國八大電影公司、在臺灣放映的名片如數家珍，談到他在放映室獨享亂世佳人、賓漢、北西北等名片，臉上閃爍著喜悅的光芒。

幾天後，我約這位電影看板畫師見面。他俊秀的臉龐抹著幾分的落寞，我帶他到辦公室頂樓，指指女兒牆說：「可以幫忙彩繪這道女兒牆嗎？也許有人看到畫作，會需要畫師作畫呢。」

他點頭答應，每天下午到頂樓作畫，我常抽空去陪他聊聊天，幾次後彼此較熟識了，他打開話匣子說他曾有輝煌的成就，後因失業、朋友遠離，藉酒消愁，易怒，發脾氣打太太。說著說著，他的眼角泛起了淚光。

有一天他主動來找我上頂樓，指著壁畫豪氣的說：「你看，我在畫我的家鄉九份。」東面的女兒牆漆了一道長約十公尺高約一公尺的白底，上面繪有沿著山坡拾級而上，層層疊疊房子的線條草稿，顯然他想把對家鄉的懷念彩繪在這兒。

好期待這件美好的事物能早日完成，哪知此後他未再出現。社工去訪視得知他因喝酒鬧事，覺得不好意思來了。兩三個星期後，他太太告訴社工，他已經找到遠方的工作離家去打拼了。

日子一年二年的過去了，直到我離開機構，這幅未完成的畫作，還是孤零零的在女兒牆等，而他這件未完成的事，也成了我的未竟之事。

完形心理學強調只有未竟之事完成，干擾的「形象」融進「背景」裡之後，它才不會出來搗蛋。因此，至今我仍然在盼望，有一天這位畫師會出現，邀我去看他畫好的家鄉九份。

——二〇一七年九月八日刊於《中華日報》副刊

搖一搖竹撲滿

我喜歡搖搖竹撲滿，讓銅板在裡頭翻滾，捕捉藏在響聲裡的情愫。

是個有月光的晚上，我從民宿帶電腦去雅雅家，路過一片發亮的白色沙灘，這兒是「綠蠵龜的家」，每年夏天綠蠵龜媽媽會從遠方的國度游回原生地，奮力爬上沙灘找潔淨的地方挖洞產卵，讓在這兒出生的孩子能永遠記住家鄉的氣味。

在路上碰到出門幫阿嬤買雜貨的雅雅，九歲的雅雅常帶三歲的弟弟參加攝影研習活動，若是要去戶外取景拍攝，就用背帶揹著弟弟走，這影像常吸住我的眼神。我從社工那兒得知，兩年前雅雅的媽媽去世，爸爸到臺灣謀生後很少回家，生活全由阿嬤照顧，三個人相依為命。

雅雅買東西時對我說，她的弟弟很纏她，果然遠遠的有一條小小人影，朝著雜貨店叫著奔跑而來，這讓我油然憶起自己八歲時媽媽病歿，爸爸忙於工作，由阿嬤照顧我們。有一段日子放學後我去幫人家裝填蔬果，時常頂著星光回家，拐過土地公廟前的小路，遠遠就會望見弟弟站在門前等我，廚房那盞低掛的燈火，總是把他的影子拉得好長好長。

我把雅雅的數位影像作品放映在她家的牆上，她的阿嬤看了很開心，一直誇獎雅雅。有一幅作品很特別，剖成兩半的竹筒拼排成「M」字，題名為「麥當勞」，她拿出竹撲滿，靦腆的笑著說：「前幾天我在存零錢時，突然有這個靈感，就去找竹筒來拍的。」

「有創意！」我搖搖這只竹撲滿，沉甸甸的，大概有七八分滿了。

本以為阿嬤會覺得高興，但是我離開時，她追出來對我說：「老師，我猜雅雅是在想念她爸爸，前年她曾去臺灣找爸爸，爸爸帶她去吃麥當勞。」

「她爸爸不常回來，雅雅在竹筒裡存錢，說想要帶弟弟去找爸爸……」阿嬤有點感傷的說：「雅雅每存進一塊錢，就會在竹筒上刻一條線，常常數著線條。」

回臺灣後，每當「M」招牌映入眼簾，這則由綠蠵龜竹撲滿和麥當勞所串成的故事，就會在我的心坎裡浮現，也不知不覺的去買個竹撲滿來存放零錢，偶而會拿起來搖一搖，聽一聽銅板翻滾的響聲。

——二〇一七年九月二十二日刊於《中華日報》副刊

打賞街頭藝人

這一天，明池山莊鎮日煙雨濛濛。晚上，音樂會開始，小提琴手拉奏幾首曲子後，一本正經的說：「現在，大家想聽哪一首都可以點。不過，我不一定會哦。」

這位年輕的演奏者 Yin En 稚氣未脫，誠懇幽默，觀眾被逗笑了，會場氣氛活絡起來。我跟晚餐時認識的十幾位中原大學的校友坐在前兩排，近百張椅子座無虛席，這場森林裡的音樂會還蠻吸引賓客的。

音樂會進行到第三段了，擺在演奏者前方的「謝謝讚賞」箱子，依然乏人關照，我率先走到那兒投進賞錢，有位中原大學校友對我豎拇指比「讚」。

在演奏前，我曾和提著琴箱的 Yin En 閒聊了幾句，他高雄餐旅大學畢業後，回宜蘭家鄉，到明池山莊工作，又因他有小提琴才藝，就擔任駐景演奏。

我常關心街頭藝人的打賞箱，自己若方便，會多少給些。這跟我的興趣和成長有關，從小我就喜歡聽音樂，去讀國樂赫赫有名的屏師時，每一班都得成立國樂團，爸爸給我三百元買樂器，不過我捨棄南胡去買吉他，被導師唸到畢業。當時屏師沒有吉他社，只好買教本自學，夢想有一天帶著吉他走唱天涯，至今這夢想還甕在心頭。

每當我看見街頭藝人常常停下腳步欣賞，心想：這個人可能是以後的我。前年，我去澎湖馬公旅遊，晚上到觀音亭賞景。有位街頭藝人在水泥廣場唱歌，海風大有點冷，觀眾寥寥無幾。幾首歌後走來一群人，以為是來捧場的，哪知全都低頭看手機抓寶。他們疾行穿過，有人還踢倒譜架、撞落了打賞箱，完全無視於藝人的存在，這一幕讓我不勝唏噓。

古往，人們覺得賣藝不是高尚的職業，在階級制度的社會裡，更容易鄙視他們。俄國著名的小說家托爾斯泰，在瑞士琉森湖旅行時，有位藝人在飯店前彈吉他唱歌，陽臺上擠滿聆賞的紳士和淑女。他表演一段時間後，摘下帽子伸向觀眾，但沒有人丟下一枚銅板，他又唱了一首，還是沒人賞錢，甚至有人還嘲笑出聲，他只好不聲不響的離開。托爾斯泰見狀急忙追上去，邀請他進飯店喝酒，這些觀光客竟然紛紛離席，不屑與他同處餐廳。這讓托爾斯泰更是震驚與憤怒，為此寫了《琉森》這篇小說，藉此批判他們的這種行為。

職業無貴賤，宮廷音樂和庶民音樂各有貢獻，因此在打賞藝人時態度也要莊重，避免被誤會而傷及他的尊嚴。

有一回我帶團到「鋼琴之島」鼓浪嶼，這兒音樂風氣鼎盛，小島沿途都有藝人賣唱，有一位雙腳萎縮的中年人抱著琵琶，坐在音樂學校門前馬路上演奏，有幾位團員丟下賞錢後就急著繼續往前走。我出聲提醒說：「時間還夠，大家聽完這曲再走吧！」搭船回廈門時，有團員問我為何，我解釋說：「避免讓他覺得像乞丐般的被人施捨。」

老實說，如果有一天我走唱天涯的夢想實現了，我也是會渴望能得到觀眾掌聲肯定，從口袋掏些錢來打賞的。

——二〇一九年三月八日刊於《中華日報》副刊

疤痕

下午，陽光熾熱得燙人肌膚。我和紀仔碰面後躲進街角的小七，買了咖啡找個角落坐定。紀仔，高職二年級學生，長相清秀，瘦瘦高高的，是我們協會的青年志工。

協會原本以急難援助為主，新貧風暴衝擊臺灣後，發現有些社區的居家環境不良，隔代教養的家庭也不少，有些人還把債務丟給年邁的父母，於是新增「兒童少年社區照顧支援中心」，提供免費課業輔導、餐點、心理輔導、家庭諮詢等服務。紀仔完成志工訓練後，每週一個晚上到中心指導孩子功課。

他從背包裡掏出一只手臂高的紅色塑膠「頑皮豹公仔」，說這是他小學時去夜市套圈圈得來的，請我把它轉送給小瑞。

幾天前在志工知能研習會上，我陳述幾位受虐孩子的故事，小瑞是其中之一：十一歲小男孩，兩歲時母親離家出走、父親酗酒，帶著他到處躲債，常因小事痛打他，後來他逃出求救，被社工安置在寄養家庭。小瑞撩起長褲露出累累的傷痕，還表演因怕吵醒睡在客廳沙發的父親，如何像頑皮豹躡手躡腳移動的情形。

紀仔聽了，站起來說：「我爸爸也曾帶著我到處流浪躲債，我能感受小瑞的遭遇，小瑞需要有人長期陪伴，用真誠的心來軟化他的冷漠，喚回他對人的信賴。」之後，他說要送「頑皮豹公仔」給小瑞，我們就約好時間在這兒見面。

「我爸爸做生意賺了很多錢，但因幫朋友背書，又被人倒會，欠下大筆債務，受到這些打擊整天喝悶酒，脾氣一來就打人，連媽媽都打，媽媽受不了他，帶著哥哥離開了。後來黑道來討債，爸爸帶我到處躲藏，睡在荒郊野外的小廟、廢棄的轎車裡，過著有一餐沒一餐的生活。」紀仔說。

「難怪你會關心小瑞。」我沉著聲音說：「那段日子你吃了不少苦，真不知你如何熬過來的？」

「逃到深山後，爸爸把我託給一位師父，下山找工作謀生，但仍找不到，流落街頭被親友發現告訴爺爺，爺爺變賣首飾還清大部份的債，終於把爸爸找回家，東山再起，現在全家人團圓了。」紀仔時而憂戚，時而皺眉，最後泛起笑意。

當他拿頑皮豹公仔給我時，不小心打翻咖啡杯弄濕護腕套，他解開魔鬼氈時，我瞥見他的手臂有一條很長很寬像被烙印的疤痕，紅色的肉凸出，樣子很醜。

我抓著他的手，問：「紀仔，誰打的？爸爸吧？」

紀仔的表情很複雜，欲言又止。後來，他輕嘆一口氣說：「火鉗燙傷的，流浪那段日子，有一天在生火煮飯時，我惹火爸爸，他一氣就拿火鉗打過來，我伸手一擋，皮膚嗞嗞響，好燙好痛，爸爸流著淚揹著我，走五六個小時的山路去求醫。」

「難怪你都戴著護腕，為了遮醜還是怕會被人家發現？」

「我在家裡也戴著，主要是不願被爸爸看到，以免他觸景傷情。現在爸爸仍然很自責。」他墮入回憶的深淵，一陣子後抬起頭說：「對了，幫我跟小瑞說我想跟他當朋友。」

小紀揹起背包離開，走出小七的門，「歡迎光臨」的聲音響起，門外的陽光射進來，我瞇起的眼睛似乎爍有潮濕的陽光。

——二〇一八年六月二十二日刊於《中華日報》副刊

元旦邂逅小王子

二〇一八年元旦，我起床晚，錯失去二寮觀日出的時機，但仍想給自己好彩頭，正巧看到地圖上有「南一六八」的路名，就驅車到大目降，在新化國中往虎頭埤的路上，果然看見一六八路牌，心想新年一路發，今天會得好運哦！

路經白馬神廟時被「綠谷」二字吸引，轉入小徑沒多久即到。綠谷主人為西拉雅族後裔，園區設有族人生活文物展覽室、菜圃、池塘、瞭望臺，亦販售有蔬果、古早味點心、飲品等。

我取出帶來的《小王子》，買拿鐵咖啡邊喝邊看，偶然抬頭看見有一位男孩在池塘邊垂釣，他凝望水面那麼專注，彷彿是一尊佇立的雕像。

獨釣春水，多特別，現代很多小孩子的時間，大都被網路遊戲捉走了。我喝咖啡的鄰桌，有三個由大人帶來爬山的小孩子，現在也低著頭滑手機。對照之下，這位垂釣的孩子像外星來的小王子，喝完咖啡我走到池塘邊，他正在裝魚餌。

「你的釣線怎麼沒有浮標，是掉了嗎？」

「不是，我長大後就不再用浮標了。用這種『暗釣的』比較有趣。」他笑起來，說：「有挑戰，我可以感覺到釣線被拉動，感受到魚兒吃食物的快樂！」

「感覺到魚吃食的快樂？」我第一次聽到這樣的觀點，這孩子可不尋常。我去爬中興林場，大約走了兩小時回到池塘邊，他剛好釣到一條魚，又做了一件不尋常的舉動，他用手掌比了比這隻魚後，把牠丟回池塘裡。

「爸爸教的，小的魚要放回去。」他跟我聊了起來，說他爸爸兩年前中風後，就很少帶他出門釣魚，他媽媽是綠谷這户人家的朋友，假期遊客多，媽媽就來打工幫忙。「今天我釣到八隻都放生了，放小魚才能釣到大魚。」呵，多富有哲理，雖然他跟聖修伯里的《小王子》不同類型，但我已封他為「小王子」了。

中午，我點碗粿吃。他跑來跟我聊天，還拿考卷來問我，說他有一題是非題，到現在還是不了解。「不合身的衣服穿起來很有趣？」他答「○」，答案是「×」。

我說：「當然錯呀，衣服太大或太小哪會有趣呀？」

「小丑穿的衣服都很大，不合身，不是逗得觀眾哈哈笑嗎？」他答辯說：「有一次，我錯穿了爸爸的襪子，襪子鬆垮垮的，同學們看到都笑得要命。」

他這副認真的樣子，突然讓我想起愛德華・波諾在他的《Teach your Child How to Think》這本書裡，曾提到看一件事情，我們時常只問孩子它的「好處」、「壞處」，忽略問「趣味處」

在哪；其實趣味面的思考，更能激發想像力、豐厚感受力。

我離開綠谷時小王子在灶邊幫忙洗碗，我走過去把寫好的「你是個善良聰明的小王子」卡片送給他，他看了看露出笑容。

二〇一八年的元旦，我有幸走這條一六八，邂逅了這位小王子，真是好運好兆頭！

——二〇一八年二月九日刊於《中華日報》副刊

放飛紙鳶

去澎湖的望安，記得帶只想像的紙鳶去放飛。

我喜歡澎湖的「花火節」，但更期待她也能有個「紙鳶節」，因為花火不是天空的物語，會翱翔的紙鳶才是，尤其在離離島望安的那片天空，紙鳶讓人充滿遐想。

退潮時望安的陸地面積約七平方公里，比滿水位的日月潭小。十多年前我第一次來這兒指導望安的兒少寫作，要來之前朋友叮嚀我別在路上奔跑，我以為他叫我小心，不要踩到保育動物綠蠵龜，他笑著說：「不是，是怕你跑太快煞不住，衝進海裡去。」

望安的土地雖小，不過，別小看望安的孩子。第一堂課，有的孩子把稿紙摺成飛機射，有的拿鉛筆在稿紙畫，原來他們大都對「寫」作文的「字」興趣缺缺，我回臺灣後，募集了一批二手數位相機，帶去讓他們用影像來創作，想不到這次大受歡迎，八天的課程都座無虛席，認真學習相機的使用、如何拍攝美好的畫面。

他們拿著相機到處去找題材，主題越來越豐富，包括大自然景物、家居生活、大人的世界、家鄉的美景，從親情到鄉情，從古代到未來。每個人都把作品放在「望安攝鵰英雄傳」網頁裡展覽。

課程結束的成果發表會上，佩佩的作品「美麗的海灣」，拍攝望安黃昏的海灣，海平線托著夕陽，金黃灑在半月形沙灘，弧形的海面閃爍著粼光，遠方的海面有一艘船。她說兩年後國中畢業，就得離開望安到馬公讀高中，現在她想要透過網路，讓世人欣賞家鄉的美麗。

佩佩有這樣的願望，志氣不小。這讓我想起望安國中校長勉勵應屆畢業生的一席話：「別了同學們，畢業後就得離開自己從小成長的島了，我們不能不捨，因為造船的目的，不是為了停留在港灣，而是為了駛出港灣、航向大海。」

這群望安的孩子國中後，就必須渡海到外地求學，校長沒有悲情的代言訴苦，她正向詮釋望安只是他們的基地，無垠的海洋才是他們要去擴展的領土，引導這裡的孩子們駛出港灣航向世界。

「在城市住太久，好想看到一整片的天空，我們去望安開同學會吧。」今年我們班的同學會，有人建議要來望安旅遊，於是我在群組裡寫「到望安，記得帶只想像的紙鳶來放飛哦！」

——二〇一七年九月十四日刊於《中華日報》副刊

留個暖暖位

前幾天到臺北，搭捷運的時候，妻子突然指著車廂裡的海報，對我說：「那隻貓很無奈，腳痠了沒得坐，惹人憐！」

我轉頭一看，是「搭車文化」的宣導海報。海報的主題文字：「不佔位。請勿用包包或其他東西佔位子喔！」海報中間是一幅漫畫：有一個人把他的背包放在身旁的座位，自顧看著手機；走道上有一隻站立著的貓，站到腳痠了，想坐又不敢講出口，兩行淚水直直流。

這幅漫畫試圖藉由小貓咪的楚楚可憐，來觸發乘客的同理心，行銷「搭車不佔位」的理念，但「不佔位」究竟是屬於「情、理、法」裡的哪個層面？

二〇〇一年八月我在紐約曼哈頓時代廣場附近的小公園，所看見的景象至今都難以忘懷。那天午餐後漫步小公園，突然聽到一聲哨音，原來是一位黑人警察在吹哨，他揮手要趕走那位在公園舉飲食店廣告牌的男人。不久，有位提大紙袋的白人婦女，邊講手機邊找公園座椅坐下，想不到黑人警察又對著她吹哨。

警察怎麼管這麼多這麼細？我很納悶，難道走路不能打電話嗎？哦，我想錯了，警察吹哨是要她把放在座位的手提袋拿下來，那位女士把手提袋放在自己的膝上，果然就沒事了。

「佔位」這種小事需要公權力介入嗎？當時那位女士的旁邊也沒有人坐，放一下東西何妨？這幕景象顛覆了我以前對美國的印象，原以為美國講求多元文化，這類行為都會被包容的。

那年的十一月，大導演李安的《臥虎藏龍》獲奧斯卡獎十項入圍，他應邀回高中母校臺南一中群英堂演講，分享自己在美國求學與工作的心得後，對學弟們提出兩個建議：

其一，讀理工、醫學生物類組的同學，不要忽略人文社會學科的學習，這些對日後的生活是有助益、很實用的知識。他引例說他拍《臥虎藏龍》這部片時，腦中浮現高中時代所學的歷史與地理，對人物造型、性格的設計塑造，以及大漠荒煙、山水綠竹的場景構築有著極大的幫助。

其二，不要忽略學習如何與他人團隊合作，在美國，看似講究個人主義的表現，其實若沒有志同道合、互補長短的夥伴是難以成大事的。就像一部叫好叫座的電影，要有好的編劇、導演、演員之外，也需要有好的配樂、攝影、剪輯和行銷等團隊人員。

同學們鴉雀無聲的凝聽「人文素養與人我關係」和「對美國文化的理解」這兩個提點，而我也從中整理了「不佔位」的觀點，它包含了法理情這三個範疇：不侵犯他人權益、同理他人和關懷他人。

我離開教職到非營利組織工作，常搭臺鐵區間車往返，就謹守不佔位的哲理，對於那些不會用包包或東西侵佔位子的人，都投以敬意的眼神，感佩他是個內斂富含悲憫胸懷的人。

海倫．凱勒說：「把燈提高一點，以便照亮後面的人。」我響應搭車文化「不佔位」，身旁留個暖暖位，等待需要的人！

——二〇一八年九月七日刊於《中華日報》副刊

寄情的窗格子

一個人的夜晚。選舉年，貼著候選人大幅彩色廣告的公車忙碌著，在這兒我沒選舉權，只是漂泊的外來客，這一張張討好人的廣告，對著我像猛浪般的襲來，又像飢渴的野獸張著嘴等著吞沒我。

我天生怕吵，置身在繁榮的大都會，是孤鳥，卻又想獨樹一格，總是用自己的方式與城市相處。在薄暮時分，我時常寧願呆坐市郊的山坡，等候遠方長條盒大樓的窗子，逐格地由暗到亮。我認為這是自己和這座城市的人們連結，並藉此表達關懷的途徑。

平常我擠在西門町、車站或蛋黃區，擦身而過的人群總是各走各的步調，誰都以為自己無需去干涉別人的生活節奏。

現在，大樓有一格窗子被燃亮了，不論燃亮這盞燈的人是拎公事包回家的丈夫，抑是出門學小提琴的孩童，或是像我這樣一個在異鄉奮鬥的人，由於這樣的歸回，使得每日的生活有了歸結，讓靈魂得以安置，不會漂浮無宿。

總在這燈亮的一剎那，讓我拾獲安詳的心境，而後升起一股遐思，追憶童年的時光：舉高瘦削的手捻亮燈火的阿嬤，此時是否也在遙遠的家鄉，點亮廚房低掛的燈火，等候家人的團坐用餐。懷著這心思讓我路過公用電話亭時，總想用異鄉的硬幣去敲響家裡的電話，交換親人幾聲懸念的問候，曾吟哦成這首〈公共電話〉：

公共電話
阿拉伯數字　列張表
竟是記載阿爸日趨的蒼髮
阿拉伯數字　圍成圈
竟是鏤刻阿嬤歲月的紋顏
黃昏走過的硬幣
總是敲落　敲落
我要成功還鄉的誓言
一次又一次的誓言

沒錯，是追求成功的誓言。而今我在北方這座城市，租居沒有窗口的房間，除了出外工作，鎮日在日光燈下，攤開日趨發黃的特考用書猛讀，沒有窗口，怎能咀嚼出一絲的寒窗滋味？難怪我冀望黃昏後，遠離繁雜工作、書籍的追擊，空出心靈的一個角落，試著去裝填某種熟悉的氣息。

今夜天空暗黑的帷幕已落，大廈的窗子一格格的甦醒，在寒冷的大地中輻射渾厚的暖意。起風了，聽得梧桐樹葉颯颯的抖聲，我拉高衣領，跟隨風聲前去市區，穿梭在一棟棟大樓之間。像迪斯尼的卡通，冷風所到之處，喚醒了城市所有窗子的燈火，眼前變得熱鬧華麗起來。

我想起諾貝爾文學獎得主阿爾貝．卡謬一九四二年的作品《異鄉人》，我是異鄉人，我和這座城市存在疏離的問題，而我雖然孤立，卻仍心繫關懷，透過這一格格的窗子，去連結和陌生人的情誼。縱然，人們的境遇各異，悲愁歡暢不一，然而每一格被燃亮的窗口，都隱含著人類相同的一種深埋於人心的情愫。

我寫下備忘：「每一格燃亮的窗子，都讓我的心靈棲息，寄放我的鄉思之情。」

——二〇一八年十二月七日刊於《中華日報》副刊

車購一份情

前幾天朋友傳來一段影片，說他喜歡也常常看，每次看都笑開懷。這片子是遊覽車上的遊客用手機所錄，拍一位原住民姑娘推銷「曼波魚條」和「寒松菇酥」的過程。

這女孩原本說國語，應要求改講臺語，不搭嘎的語調卻炒熱了氣氛。之後，說到「我們的頭目就是你們所說的『番王』」時，有人異議說應該叫「番頭」。她沒辯駁，回「不好意思，番頭這兩字我沒有『背到』」逗得大家爆笑出聲。

熱場後她介紹產品的優良，接著重頭戲的販賣上場了。果然她能照顧客人「喜歡砍價」的心，她說：「頭目說你們能夠殺價，但你們殺價都很恐怖，我自己殺好了，但只殺一次，因為人只能死一次。」又引發爆笑。這招厲害，避免冗長的討價還價，而後以「買二送一，買四送三」成交，讓客人有買到賺到之感。

影片到這兒結束，短短的四分鐘行銷一氣呵成完成。雖不知道賣出去多少，不過從車廂內的歡樂聲推斷，買氣應該是不差的。朋友認為我有帶團旅遊經驗，傳給我看，問我有何意見或感覺。我回應：「若我在現場，多少會買幾盒。」

「你們是同業，所以會鼓勵我們買？」

我正經的說：「主要看推銷人的表現，這女孩銷售物品，也售出歡樂，讓人甘願掏錢交關，這是彼此的互惠。」

說實在出門旅遊最怕遇到被強迫購物，花錢又受氣，大大折扣了旅遊的喜樂。因此參加團旅都要詳看行程有無購物的安排，若有，心理要準備好，被帶到購物場時商家一定會強力推銷的。

除了賣場購物之外，還有在遊覽車上推銷的「車購」，上車推銷當地的名產、伴手禮之類的，如這影片中的這位姑娘就是，也有地陪或全陪的導遊，利用行車時間推銷，以公司之名賣或私下販售，其利潤的分配自然不同。

有詩「短短人生一照面，前世多少香火炎；十世修來同船渡，百世修來共枕眠。」車購，推銷者、乘客都同車，也許是修來的緣分，只是兩者間的關係，處理不好就會兩敗俱傷。好緣變惡緣，盡失行旅之樂。

二〇〇八年我們組團北越雙龍灣、桂林山水十一日遊。越南的導遊范先生在臺灣居住過，還曾上節目介紹越南飲食，人不親土親，又有餐飲專業，旅途中服務親切，他在車上所推銷的名產，我們都樂得捧場。反觀，從友誼關（鎮南關）入境廣西，來接待的導遊覃先生，在拉車到南寧市的路上，還沒有建立親切與信賴關係，就急著推銷晚上的「足浴」，但沒有人有意願，覃先生變臉，講笑話諷刺，一路臭臉相看。這兩個旅遊的境遇與氣氛，真是天堂與地獄之別呀！

桂林的導遊服務熱誠，可惜車上賣的如桂花酒、阿跤棗、銀飾類的，大家都興致缺缺，但在榕山湖公園遊園時，有書法家揮毫賣題名詩的扇子，一把新臺幣二百多元，扇子的品質不錯，詩裡有自己的名字，有紀念性，CP值高。我去買一把，團員們也紛紛為家人購買，這算是給好導遊一點回饋吧！

車購交換的不只是物品與金錢，還可以是同車遊的一份情。在旅途中，彼此若能分享喜樂、交流互惠，何嘗不是人生中一件難忘的回憶。

——二〇一九年十月十二日刊於《中華日報》副刊

有俠隱居雲深處

在茶園漫步時，岫雲出巡，群山瞬間白濛濛，團友驚呼「山在虛無縹緲間」，我凝視對面的那座山峰，峰頂有一間房舍忽隱忽現，不覺吟哦「聽聞山中有俠客，隱居雲深縹緲處」。

若有俠隱居，當然會是「神鵰大俠」楊過和其妻小龍女也。去年年底，我們搭遊覽車到埔里，換乘六輛民宿的廂型車上山前往武界，我們這車的司機自我介紹：「我叫楊過，是這兩天的車導。」

「楊過？小龍女的楊過嗎？」我問。

他點點頭。大家隨即異口同聲：「那小龍女現在哪兒？」

他楞了一下，說：「在山裡的家等我呀！」

本以為名字只是他破冰的話術，但聽他的車導同事也都這樣叫他，顯然不是玩笑話，我就探問：「是爸爸取的或是媽媽？」

答案出乎意料。「我姊姊。」

「什麼！難道你姊姊是黃蓉？」

楊過是金庸武俠小說《神鵰俠侶》裡的主角，楊康的遺腹子，被桃花島主黃蓉（另一版本為郭靖）取名為「過」、字「改之」。

我側過臉打量這位布農族卓社群的壯漢，他專心駕車沒轉頭，氣宇軒昂的臉龐翹起唇角，笑著說：「我姊是金庸迷。」

若跟清境農場或武陵農場相比，武界更讓我懷有遐思，不僅是它位於中央山脈群巒間、地處海拔約八百公尺、濁水溪的沖積平原；更因九二一地震曾造成交通中斷而與世隔絕，近幾年投七十一線、投八十三線的隧道開通，才方便旅人窺其雲海日出、金黃鐘乳石、月牙彎溪谷的美景，從這樣看來武界算是秘境。

行旅前，憶起陶淵明的《桃花源記》，我興起除了觀賞武界的地質自然，也要關注居民的社會人文。武界這地名是布農族和泰雅族常為爭奪獵域交戰，後來雙方以武界現址為界，互不動「武」侵犯而得之。想不到剛來到山腳下，就聽得「楊過」這武俠人之名，真是奇妙。

在小說裡，黃蓉為楊過取這個名字，是希望他將來「知過能改之」，避免重蹈其父楊康追逐權勢名利而身敗名裂的覆轍。黃蓉是郭靖的妻子，郭靖是楊過父親的義兄，義伯母有這種期望是基於長輩之愛。

車導的姊姊為什麼要幫弟弟取這個名字呢？是她欽佩楊過這角色的武功蓋世行俠仗義，或是感動於和小龍女之間生死相惜的情深，投射這些情感轉化成對弟弟的盼望嗎？她的弟弟被這樣叫著，少說也有三四十年了，若是弟弟認同楊過，想必也會自我期許吧？這些遐思讓我覺得此行有俠影起來。

下午車子來到武界，走濁水溪河床，我們換上拖鞋，涉水往「一線天」。望著清澈的流水，想起後天就是二〇二〇年的元旦，我童心大發把Ａ４的行程表摺成紙船放。「小紙船，勇敢的航向大海吧！」

沒想到我還在祈禱，紙船漂沒幾公尺翻覆了，眼看就要被激流捲走，突然溪畔有一個人飛奔過來，他輕盈的踏著溪石，彎腰伸手一撈就撈起了載浮載沉的紙船。這個身手矯健的人，不是別人，正是車導楊過。

他把濕軟了的紙船還給我，笑說：「你想讓紙船在溪中過個浪漫的跨年吧！」

「以為紙船能漂浮，想不到浸水就沉，一沖就倒。」我有點尷尬。

「用桐油浸泡過的油紙做紙船，能防水。這艘竹葉船送給你吧。」楊過摘下岸邊的竹葉摺出船，讓我許願後放入緩流，小船慢慢匯向溪心，往下游逐漸遠去。

他這般敏捷與豪氣讓我折服，耳畔不禁響起了施孝榮的《俠客》歌詞，「大江東去，西去長安，江湖路萬水千山……」

參觀布農族酋長石壁像時，甲車的人涉過溪水到對岸的「聖經石」拍照，有位女團員一腳踩在泥岸，身子倏地下沉，陷在泥淖裡，嚇得她花容失色大聲尖叫。

眾人還在錯愕之際，只見楊過飛快的奔過溪流，雙手從背後栓牢她，楊過人往後一仰，雙腳用力一蹬就把她拔了出來，大家都報以熱烈的掌聲。

楊過看她驚魂未定，連忙安慰說：「別怕，那不是流沙，只是爛泥，但確實嚇到妳了。抱歉，妳的拖鞋還留在泥底，回民宿後我找一雙給妳穿。」

隔天早餐後，我們搭車上山到海拔一千三百多公尺高的茶園。這位女團員問我，幫她脫困的是哪一位車導，昨天她驚惶中忘了他的長相，也忘了感謝。

我把她引到楊過的面前，她道謝後要送東西給他。楊過堅持不肯，說：「區區小事何足掛齒，保護各位貴賓是我們的任務。」

這時有人驚呼「山在虛無縹緲間」聲，盤在山陵的那條白色雲龍，正朝對面山頂上的那間房舍飛來，不久整座房舍瀰漫白嵐靈氣宛如仙境，使我想起小說裡楊過在華山論劍後，與小龍女歸隱終南山，又想起這兩天奇遇車導楊過，不禁吟哦：「聽聞山中有俠客，隱居雲深縹緲處」。

——二〇二〇年三月十四日刊於《中華日報》副刊

臘月晾香腸

二樓書房窗外的陽臺，常有陽光探訪，麻雀喳跳。這大自然的細微景觀，總幫我掙脫案牘，倚窗凝視，放飛想像或思索蘊含。

這一天的午後，一串串的香腸宛若冬候鳥，棲息在陽臺不鏽鋼的曬衣桿上，紅絳絳的，熱情了窗格的臉龐。說它像冬天的候鳥，是因為它在臘月出現，每一年都會來，在曬衣桿上享受太陽半日的親吻，一夜的星斗的溫潤。

每逢歲末除了大掃除，妻子都不會忘記灌香腸。「這是家傳的香腸：用胛心肉，加高粱酒、肉桂粉、鹽、糖等混合攪拌。灌香腸要等晴天，早上請攤商灌，中午取回、下午日晾、晚上風乾，隔天冷藏。」妻子說。

她自製香腸過春節，是傳承她的媽媽。我家就沒這種習慣，過年時香腸鮮少上桌，但從小我就喜歡吃香腸，讀國小時校門口常香腸攤，烤香腸飄出的香味引得我垂涎三尺，沒零用錢買只能駐足觀看，別人打彈珠檯、吃香腸。

妻子嫁來我們河洛村，祖傳的客家高粱酒香腸秘方，也就成了無形的嫁妝。大年夜她這一道「香腸擺盤」總是最搶眼：白色瓷盤鋪上滿滿一圈紅色香腸切片，中間置放一根根青翠的蒜苗，再綴幾粒光滑的蒜頭，看起來就是一幅美麗的畫作，她常藉這幅畫分享家族的故事。

我倆除了不同族群，家族境遇也大不同。妻子家的祖先明末清初到屏東地區屯墾開庄，祖父在老街建「永記棧」經營布莊，因經商得宜，造就不少子孫，算是大戶人家，每逢清明返鄉祭祖者眾，凝聚力強，家族處於興盛之期。

我的家族則還處於奮鬥期，祖父三個兄弟家貧，為了謀生相偕趕鴨游牧，逐稻田而居，沿著溪流來到旗山賣鴨子，賺了許多錢回家，建造三合院新屋，正待發展時，無奈三兄弟得病，一年內接連去世，讓曾祖母哭瞎了眼。父親年幼失怙，努力奮起以求小康。

年輕時認為「婚姻」只是男女兩個人的事，結婚後慢慢體會婚姻是兩個家族的磨合與聯結，要磨合的是價值觀與生活習性等，要聯結的是代間的傳遞與兩家族的結合。

妻子以臘月的香腸當平臺，把家族和兩代間的情感連結起來。她常笑著說：「這道古早味的香腸，釀有媽媽的愛心，一代傳一代無縫接軌。」

窗外，陽光鮮跳在香腸上，彷彿是春喜的紅爆竹；風吹來，讓我聞到古早味香腸的酒釀。

——二〇一九年一月二十五日刊於《中華日報》副刊

起床號

清晨六點，大地還在打盹，永康砲兵學校的起床號「所—咪—所—多」，翻過圍牆、跨越馬路、鑽進巷子裡，鏗鏘有力的喚醒我。

昨天路過砲校大門，有六七位穿軍服的阿兵哥，揹著綠色帆布袋搭車離開，按照遷校計畫年底得遷至關廟，砲校在這兒設立四十年了，要離別難免讓我依依不捨。

我騎車繞砲校外圍巡禮，營區裡除了兵舍外，還有演練場。營區外荒蕪的重劃區，現在已興建幾棟住商大樓，住户陸續入住，招牌燈一盞盞的亮起，砲校搬遷後，連結「新都心計畫」的開發，繁榮可期。二十多年前我們遷居來此，當時從營區後的縱貫鐵路到我家，這一帶還是野風野鳥嬉遊之地，少有水泥建物，而今高樓林立，真是滄海桑田。

中華民國軍樂的起床號，節奏簡單，旋律也沒什麼花俏，由「所多迷」構成，當兵時白天艱苦操練，夜晚養精蓄銳後，隔天它用沉著堅定的聲音喚醒你，彷彿在說：「弟兄們，該起床了，幹活去！」

剛搬到這兒的時候，沒有太多建築物的障礙，夏令早晨五點半、冬令六點，砲校的起床號從軍營直奔臥房，我就躺在床上凝聽，跟隨樂曲起床。不過，有些人是討厭起床號的，說它「比鬼來電還恐怖的聲音」，不僅擾人清夢，又讓人神經緊張，尤其是受新兵訓練或基地訓練的時候。

我在成功嶺受大專暑期集訓，起床號一響得要迅速盥洗、整理好內務，值星班長哨音一吹，就要到連集合場報到，若遲到會被訓誡，睡在我鄰鋪的小劉，因為天生動作慢，聽到起床號就緊張，慌亂之下常常遲到被罰。

十五歲我讀屏師，必須住在學校宿舍，學校用的是軍樂起床號，小喇叭聲傳來，從床上躍起，拿臉盆去盥洗，回寢室把棉被摺成豆腐般，拉出稜角稜線，整理好內務，跑到集合場參加早點名。這些動作一貫作業，一氣呵成。

新生剛入學時，聽到起床號很緊張，因整理內務的技巧不熟練，教官每天內務檢查還會公布成績，成績不好會被禁足；被軍事化的管理，雖然打從心裡的不喜歡，但等我各項動作熟練了，不知不覺的喜歡聽起床號，還養成隨著起床號七十幾秒的響音，對自己默念：每天都是嶄新的一天，每天都充滿了機會，起床，幹活去！

有誰像我這樣幸運，當兵退伍後又能和起床號重逢，二十多年來讓它每天激勵我奮起。砲校即將離開了，若問我最懷念什麼，無疑的，就是它的起床號了。

二〇一九年二月二十二日刊於《中華日報》副刊

偶遇讀詩的老者

許久不曾搭火車了，這一天趁訪友悠閒行，從斗六搭區間車南下屏東。也許是假日的關係，當火車進臺南站時，候車的隊伍湧至車門邊，隨擴音機的報告聲鑽進車廂。

此時我從窗口瞥見一位蓄白鬍子的老者，他站在線圈外靜靜地等候，似乎他就是人群裡可以被抽出來整理的線頭。當車廂內的騷動歇息，他用一種堅定、緩穩的步伐上車。不知怎的，這沉著的模樣，共鳴了我的心房，安定我慣常浮躁的情緒。他一步步的走，彷彿踩著大自然規律的節奏。

假若他是個漁夫，必然是屬於海浪潮汐的呼吸；假若他是個老農，必然是屬於日月星辰的脈動，而這些卻是人類幾世紀以來，急促改變生活步調，或多或少遺失掉的韻律本能。

車子滑出了車站鋼棚的陰影，窗外送別的手輭弱了下來，一些叮嚀也在風中隱去。車廂內安靜下來，旅客找到位置坐下，十有八九都低著頭：年輕人掛耳機或玩電玩或觀看 YouTube 影片，年紀大的人也不乏滑手機者。而，這位古銅膚色的老者，在我身旁的位置坐定後，先是緘默地坐著，猶如一尊街景中的雕像，在喧嘩的市集中散發他獨有的靜穆。

當車窗外被高樓劈碎的陽光，逐漸地在寬敞的田野裡集結，把他那粗獷的臉龐、厚實的肩胛，以及莊嚴的坐姿，由黑色的剪影漸次明亮；他就如同被特寫鏡頭拉近，顯得宏偉非凡起來。

該有七、八十歲了吧！雖然讓人找得著歲月所佔據的皺紋，然而歲月並沒有擄走他的那股軒昂之氣。而他那青筋攀爬的雙手，必然也曾在炎日下砍斬過無數的荊棘，抑或在寒風中拉扯過無數的漁網。當他將手臂擱置在窗沿，彷若就成為一座堅牢無比的橋墩，隨時鵠候著承受未來無數次的壓輾，這些景象標記著人類抗冷、抗熱，在生活中求生存的過程。

我情不自禁側過頭，凝視他幾眼。年輕時，在彰化讀大學期間，搭臺鐵往返學校與家鄉間。在車廂與月臺，我常遇到有一些長輩，拎著塞滿野味的包袱，到城市探視子女，歸來時縱然有喜悅，仍然藏不住一絲老境孤獨的淒涼，讓我一直懷有對長輩的傷感。現在，這位白髮老者勇健、從容的神態，給予我一股安詳、安心的感覺，似乎一點也無須去掛心他的生活與歸向。

車過路竹，大崗山山巒像一條鯨魚橫窗游來。這時候，他解開襯衫的鈕子，從懷裡掏出一本書。我一看，眼睛不覺一亮，怎會？是我喜歡的詩集：美國詩人華特・惠特曼（Walt Whitman，一八一九至一八九二）所著的《草葉集》中譯本。

他翻開書籤所夾的那一頁，戴上眼鏡、拿出一支自動鉛筆，專注的默讀〈搖擺不停的搖籃〉這首詩。顯然這本厚厚的詩集，他看過許多遍了，詩頁的空白處都被圈上或加註黑、藍、紅色的字。

「您是詩人嗎？」忍不住，我先開口問。

「呵呵，哪是，市井小民一個。」他抬頭用訝異的眼神看我一眼，隨後咧嘴笑著說：「不過，從小我就喜歡讀詩，泰戈爾的、惠特曼的……都帶給我許多的沉思。」

「我大學時買《草葉集》，讀完就放在書房『擺架子』了，雖覺得他的詩氣勢宏偉，但好像連不上自己的生活。」

「惠特曼是熱情洋溢的詩人，既是平凡可親的普通人，也是獨具慧眼的先知。他的詩結構雄渾，氣勢磅礴；尤其主題健康，歌頌生命與創造。隨著年紀的增長，每次閱讀都會有更深入的體會呀！」他幫我解讀後，又繼續專心的默讀。

夕陽西下，暮色逐漸加濃，一些零星的燈光在窗外互相追逐。列車緩緩地停歇在後庄小站。他跟我點點頭致意，邁著穩健的腳步下車，朝向剪票口的站務員走去。他們倆人幾乎同時互相揮手，而後響起一陣爽朗的笑聲，在風中漾開。

火車又在鈴聲中啟動，我望望身旁的空位，再張望窗外。呀，這位白鬍子老者還站在出口，舉著《草葉集》搖搖手跟我揮別。

——二〇一八年七月十三日刊於《中華日報》副刊

陪我走東橋二街

陪我走一趟東橋二街如何？短短的八百多公尺長，用逛的頂多十來分鐘；若是像我這樣用行旅的心情走，時間要花多少，則會是一個「×」變項，依自己客製化景物的多寡而變動。

沒有背包、行李，也沒有搭機、乘船，只是單純地走社區某一條路，去買報紙或飲料什麼的，為何要與如何的把它升級到行旅層級、客製化規格？

幾年前第一次帶團到北疆，古爾班通古特沙漠腹地裡，那風蝕性地貌青、褐、黑、紅、綠構成的、顏色斑斕的五彩城，固然相當吸引團員；然而在這兒取景的《臥虎藏龍》，對臺灣來的旅人更具融力：如，有人在此認真地尋覓電影中的場景來拍照、有人學刁蠻任性的玉嬌龍和放浪不羈的羅小虎，在山丘間追逐比武。而我，《臥虎藏龍》的導演李安是臺南一中的傑出校友，當年他受邀回母校演講，我有著和他幾次對談的機緣，自然而然的客製了我對這兒的情感連結。

這件事給我一個靈感：若自然地理、人文地理跟自己的關係黏越緊，行旅所得的知識與情感就越濃稠。而黏貼是個人可以對景物客製化的動作，從此，我就試著在出外時，練習這種貼黏的能力。

東橋二街，位於新社區的南界，東起砲兵學校圍牆、西止於高工紅磚圍牆。它和四線道的臺二十線平行，從我家穿過馬路就是這條街了。

上個月在這條街和東橋七路的丁字路口，看到聳立的大水塔，警覺砲校即將遷到關廟，所有的房舍和景觀都將消失，就拿手機為滄和兄拍下這景標。滄和不僅是我的同學，也是我的貴人：有他的鼓勵我才會繼續升學；有他剪寄發表於報章的小文，並寫信肯定與激勵，我才有勇氣繼續創作。他服預官役時，曾在砲校這兒受訓。前年來我家，就邀我去探望兵營大門，幫他拍照留念。

東橋二街路口就黏貼了我倆的情誼，我繼續進行對這條街的客製，星期一三五的黃昏走這條街到小橋公園散步；星期六早晨走這條街去街尾的超商買報紙。

東橋二街，二線道寬，八年前才開通。道路的北面是新蓋的透天厝，除了一家飲食店和美髮店外，每户大門都是關著的。南面，從東橋七路到東橋三路都是舊有的房舍，東橋三路到東橋一路間是新蓋的店面，因此我喜歡走南面的人行道，用旅行的心情尋找自己的記憶。

我常在貼有出租的一間工廠旁，那塊約足球場大的荒地駐足。好幾年前這兒有綠油油的稻子迎風招展，陽光會在水田裡跳躍。現在拋荒了，成了野風和野鳥嬉戲的地方。當有黃喙黑羽的八哥棲息時，我就急忙朝牠們喊「Lucky」，呼叫那隻離家出走的小鳥名字，我總把對牠的想念，化為聲音錄在這條街道的音檔裡。

東橋三路路衝的那家玩具行，是我置放遐思的地方。十幾年前道路還未開通，我偶然發現樹叢裡的「玩具店」招牌，驚喜的當為童話中的糖果屋。

第一次我進去參觀，滿倉庫的玩具佔滿鐵架，有古代也有現代的玩具，宛若進入神秘的國度。我沒買東西，這位穿灰色調衣服的老闆，用蒼老慈祥的眼神瞄我一眼。昨天第二次。我空手而回，他突然開口問：「你在找什麼嗎？」我說：「我朋友孫子的生日，看有沒有禮物。」他去拿「指南針」給我，說：「別小看，雖然只賣十元，這可是愛因斯坦成為愛因斯坦的原因之一。」

我上網查，志文出版菲利浦．法蘭克著《愛因斯坦傳》第三十一頁，述說愛因斯坦回憶五歲時，他爸爸送他一個羅盤當生日禮物。他對於指針一直指向同一方向，感到非常驚訝。他察覺指針受到一股神秘的力量牽引，背後一定有個道理存在，從此迷上了宇宙的揭密。

今天，我要去走東橋二街，您要陪我嗎？或者您想去客製自己的街！

二〇一八年六月八日刊於《中華日報》副刊

陳泥的九宮格背包

很久以前陳泥就說他有一個九宮格背包。第一次聽到這種東西好生納悶，但也沒能再追問清楚。

上星期天路過他的住所，順道去拜訪。進入客廳，只見他正在裝填一只背包，而後，拿著單子唸著清點：「筆電、行動電源、詩集、鉛筆盒、眼鏡盒、錠片、萬金油、瓶水、面紙、毛巾、長襯衫、帽子、手套。米，罐頭。」

我好奇的問：「出門帶的東西又多又雜？」

「對，去輕旅行，一趟要六七個鐘頭，需要騎車、等車、坐車，有參觀、瀏覽、訪問，還聽一場演講。善用時間才能讓這趟行旅更具有價值。」

「但為什麼帶米、罐頭？難不成去野炊或露營？」

「不是。」陳泥聳聳肩揚揚眉，這是他發表高論前的習慣動作。「途中經過一個社區，那裡有民間成立的關懷站，設有物資平臺，能夠把眾人的贈品，迅速有效的輸送給需要的人。」

這讓我想起機構當年成立「弱勢家庭兒少服務中心」之初，曾為孩子開設「小小攝影師」

課程，由於小朋友的家境清寒，大都沒有數位相機，這消息傳出後，就有許多民眾送來舊相機，有的還留言「祝福小小攝影家」之類的話鼓勵。

願意把自己多餘的東西贈送給他人，心地已經很柔軟了，還祝福他人有所成就，心地多寬廣呀！

「歌曲之王」舒伯特出生在一個生活困窘的家庭，他到音樂學校求學時，父親只給他很少的錢零用。他除了必須省吃儉用之外，要作曲時也只能自己用手畫五線譜，既費時又不美觀；這件事被他的學長史鮑恩發現了，隔天就送給他一些五線譜，並鼓勵他安心作曲、發展才華。

這則故事宛如寒冬的暖暖包，總是溫在我的心田。

「喔，這像暖暖包呢！」我脫口說，細細打量這個鼓肚子的藍色背包，滿頭霧水的問：「那你所說的九宮格背包在哪？」

「就是這個。」陳泥又揚揚眉、聳聳肩，說：「聽過井田制度嗎？」

「我不是很了解，只知道它是西周土地賦稅的制度。將土地切成九宮格狀，像一個井字，中間的那塊稱『公田』，周圍的叫『私田』，由農民自己耕種，收穫歸自己，公田則由八家共同耕種，收穫歸公家所有。」

「農民日出而作，除了勤墾私田，也要照顧到公田。雖然這是權利與義務的規範，但是每天都沒有忘記『私外還有公』。人人都存有益公概念，是我喜歡的社會氛圍，或說人際關係。我希望自己在日常生活中，也能實踐這種公益精神。」

「不過，這跟背包有什麼關係？」

「幾年前新聞報導：花蓮壽豐鄉的『五味屋』二手商店，呼籲民眾若到花蓮來旅行，可以將生活中用不到的東西帶來，讓社區孩子藉由整理、標價及上架來學習如何生活，這些物資除以低價提供社區居民，盈餘也做為社區照顧之用。我響應這種旅行行善的公益方式，就將我的背包變成九宮格背包。」陳泥笑了起來。

「我想起來了，這是『多一公斤旅行』活動，倡導人們把旅行和行善結合，期望民眾趁著旅行的移動，釋出家裡的多餘物資，來化作他人需要的甘霖，這不僅提高了東西的價值，也是很美麗的人際互動呀！」

陳泥笑得更燦爛了，整理好背包後，拿去秤一秤重，說：「五點八公斤！」

「你這只背包可真重，裝滿公田的豐收，不愧是九宮格背包。」我走去提提他的背包，笑著說。

——二〇一九年六月七日刊於《中華日報》副刊

再唱你的這首「風箏時節」

晨起，陽光伸長金黃的胳臂暖窗，感覺郊區的曠野必然也春醒了，好想在那兒盡情奔跑，放飛一只有長長尾巴、輕巧的菱形風箏，讓自己回味當年那段日子的美好。

也許是最近發生的事所勾起，我的心弦時常響起你的這首歌〈風箏時節〉。上星期走在新社區，人行道上的磚高低起伏，扭傷了我的腳踝，上網查「不友善道路」有關資料，赫然發現幾年前你亦曾被落差五十五公分的騎樓摔斷腿，新聞報導得很大幅；這星期觀賞義大利盲人歌手波伽斯的傳記電影《波伽斯：聲命之歌》（The Music of Silence），描述自己如何克服身心障礙、挫折處境，破繭而出的走上世界樂壇歷程，近來這兩件事都盤旋在我的腦海。

不友善的道路害你左大腿骨折必須休養半年，必須停掉這期間的表演工作，對視障歌手的生活與生計都是嚴重的損傷，除了激起憤憤不平的情緒，更是百般不捨你。

這位跨界音樂男高音波伽斯，出生不久被診斷青光眼，十二歲時在一場足球賽的意外下導致全盲，由於自小就喜歡聽歌劇、有著天賦的美妙歌喉，對音樂懷有抱負，在取得法律學位，當律師一年後，便開始在酒吧兼差歌唱，實踐他的夢想。這樣的喜好與境遇跟你類似，於是我的腦海就找回三十多年前的影像。

特教系畢業那年，蒙系主任推薦到啟明學校服務。幸運的，我還負責國小部節奏樂社團的指導，並因此有緣在高職部的「校園歌曲社」碰到你，那時你當團長，擔任鋼琴手，團員們都善於管絃樂器、聲樂，而你更擅長歌曲的創作。那段日子，我們帶著這些創作的歌曲，到各大專院校演唱，或參加慈善義演，往往博得臺下熱烈的掌聲。

有一個黃昏你攜一把吉他來找我，說要發表一首自編的歌《風箏時節》，而後自彈自唱起來，這旋律動聽、節奏輕快，童稚般純真美善的歌詞，就從你圓潤的嗓聲中飄逸出來：

「和風拂面，白雲兒飄呀！片片風箏昇起，就像那白鴿展翅的飛呀，探查春天訊息。穿過森林和原野；越過山崗和小溪，在那輕輕地紙鳶上，載滿了我的秘密。飛吧！飛吧！盡情的飛吧！太陽忘了歸去；飛吧！飛吧！盡情的飛吧！春風不會孤寂。」

當歌聲琴韻歇止，你這位十二歲時因青光眼失明的大孩子，沉思許久後抬起頭，緩緩地分享了這首歌的故事：

雙目失明的大男孩在鄉居的親友家渡假，一個亮麗的清晨他依然是那般憂鬱的閒坐著。有一群孩子在遠方的田埂上迎著風放風箏，傳來陣陣的嬉笑聲，這充滿純真的歡笑聲，如春雷般的驚醒他心田裡的美好，他跌跌撞撞的走向剛割完稻的田地，一個腳印一個腳印的尋去。

想起失明前他也曾和弟妹們在草原上奔馳嬉笑著放風箏，於是他無懼於會跌倒而引來的嘲笑，跟那些孩子借了風箏，踉踉蹌蹌跑了起來。但，風箏始終沒有飛揚。那菱形的、長尾巴的風箏被他踩壞了。那群孩子喧嘩起來，吵著要他賠。不知怎的他的心弦倏然被撥動了。那個暑假不僅賠他們一只風箏，而且也寫了這首歌，教會他們唱了起來。

說完故事，你的唇角漾起笑意，溫煦的陽光映亮你清秀的臉龐，突然有一股奇妙的電流通過我的全身，讓我領會海倫．凱勒這句名言「即使是深埋在黑暗地下的樹根，也能分享到樹頂的歡樂」。

之後我為了興趣與學習，告別臺北，回南部去任教；而你如願以償的就讀大學音樂系，還成立視障者「啄木鳥樂團」，忙於音樂廳、酒吧、舞臺的演唱。迄今，我們雖不曾相逢聚會，但相處這一年的美好，如同涓涓小溪還流淌在我的心靈。

陽光篩進紗門，風也陪著進來，有風吹的季節，風箏會喜歡翱翔在草原上的天空，我的耳畔響起波伽斯一夕成名的《夜晚的寧靜海洋》（Il Mare Calmo Della Sera），這天籟般的聲音宛如天使般的純淨，於是我的心弦很想再彈唱你的這首《風箏時節》。

——二〇二〇年二月二十二刊於《中華日報》副刊

無敵鐵金剛

聽說每個男孩的心裡都住有一位漫畫中的超級英雄，陪著他長大、保護他度過童年。這個英雄是穿 S 字母裝的超人，是駕蝙蝠車的蝙蝠俠，是在城市擺盪的蜘蛛人，或是和我的一樣，是出征時都有歌曲助威的無敵鐵金剛？

「鐵金剛／無敵鐵金剛／我們是正義的一方／要和惡勢力來對抗／有智慧有膽量／越戰越堅強／科學的武器在身上／身材高高的幾十丈／不怕刀不怕槍／勇敢又強壯……」

每每哼著這首歌時，我的腦海裡都會出現主角柯國隆駕駛著指揮艇，飛進鐵金剛的頭盔裡，而後鐵金剛雙手高舉、挺了挺胸膛，點燃噴射火焰衝向天空，行俠仗義去的情節。

說來我的童年並沒有無敵鐵金剛，要到我二十多歲時，華視才首播由日本漫畫家永井豪和東映動畫合製，中文的配音版的《無敵鐵金剛》。這部影集約九十多集，一九八五年華視又重播，每週五天，播出時段都在小朋友放學回家後，那時走在大街小巷子幾乎都會聽到這首歌。

柯國隆坐在駕駛艙操縱鐵金剛，對抗邪惡勢力的故事，博得孩子們的欽佩，成為心目中的英雄，小男孩會吵著父母買無敵鐵金剛模型玩具，而我自己也買給孩子當作生日禮物。想一想，有個超級英雄常駐孩子幼小心靈裡，會讓他感到安心、有力量感的。

無敵鐵金剛捍衛正義，是我欣羨與崇敬的英雄，本以為孩子長大了，它功成身退會離開我的生活圈。想不到，我從特殊教育學校轉到臺南一中任教，竟然天天都看到它，而且一看就是十年，三千多個日子，真是有緣。

就像乍見東海大學的路思義教堂，給人那種驚鴻一瞥深烙心版的感覺，我初次踏進臺南一中校園，看見這棟無敵鐵金剛造型的明德樓，真是驚奇驚艷極了。

棕黃色外壁四層樓高的明德樓，位於大榕樹的南邊，是史振鼎校長時期興建的。我們的辦公室就在它的西邊，從人文教育大樓這邊看過去，就是鐵金剛的造型：三、四樓是頭盔，一、二樓樓梯間是手臂。它聳立在地面上，勇猛威武栩栩如生。

來學校上課路過這兒，我都會特意仰著頭去看它，原本是懷舊之情，後來有個疑惑：無敵鐵金剛為何會出現在高中的校園裡？

學校要興建大樓必須要徵圖或徵建築師設計，這之前學校得先提出建築規劃，因此這是史校長和師長的構想，還是來自建築師的設計？嗯，不論是誰，應該是無敵鐵金剛的粉絲吧，那麼，把兒童喜歡的漫畫英雄，置放在高中生的校園裡，是設計者的天真無邪或是另有寓意？

很奇怪，我不曾聽過同事們聊起這件事，我主動去請教幾位前輩，確認造型是無敵鐵金剛，但是到底是誰的主意都說不瞭解。我查校史資料，也沒找到這些。倒是在學生的網群「竹園崗軼聞」上，稱明德樓為「明德鐵金剛」，流傳這樣的故事：在月色朦朧的夜晚，大榕樹的樹妖會清醒，並且拔地而起，四處破壞作惡。這時明德樓會化身為「無敵鐵金剛」，與大榕樹妖作戰，以維護竹園崗的和平。而，臺南一中校長的主要工作，就是扮演柯國隆，操縱明德鐵金剛出擊。

這傳說點出校長的責任和使命很重大，這部分我喜歡；但，由校長來扮演柯國隆，我就有不同的想法，我覺得設計者所期望的對象應該是學生，盼望他們努力學習，能像無敵鐵金剛一樣，有智慧、有膽識，把無敵鐵金剛當楷模，進入社會後發揮正義感，抵抗惡勢力，濟弱扶傾！

後來我把這種想法告訴張湘主任。他笑著說：「不管是誰構思設計的，他對同學的期望很高，畢竟南一中的學子得天獨厚，資質高、學習能力強，擁有的資源也多，有如此的期許也是自然的。」說得有道理，我點點頭。

在校園進進出出，日子久了，無敵鐵金剛不知不覺的住進我的心裡，每當我仰頭看它時，主題曲就會在心頭響起，正向能量飽滿了胸膛。

——二〇一九年十一月九日刊於《中華日報》副刊

相遇在永康康橋大道

每每漫步在這條寬四十五公尺的大道上，我總期待能與什麼來個不期而遇。

立冬那天輕度颱風「閃電」擦過恆春半島，帶給臺南五六級陣風的夜晚，遠遠就看見這群年輕人在路旁停妥機車，開始彎腰伸腿的柔軟身子。

好幾個月前，晚飯後的時間，他們約有六七人就在這兒一圈圈的跑著，時而迎面時而掠肩的與我相遇。彼此陌生，但當眼神相碰，我的點頭致意都會得到或咧嘴或揚眉漾出笑容的回應。瞧他們踩著穩健步伐、汗流浹背跑著的模樣，不禁升起宋．盧炳〈玉團兒〉詞裡的「情懷雅合，全似深熟」之感。

求學時代我也曾這樣的長跑，那是因為學校每年舉辦馬拉松比賽，從屏東跑到萬丹全程二十多公里。除非能提出醫師證明，否則每個男生都要接受這項挑戰。賽前的兩個月，每周有四天，第七節課必須練跑七公里。

那時候學校推行「活動勞動運動」三動教育，從中培養學生完美人格。人格是什麼？跟運動有何關係？很抽象，懵懂少年是很難理解其中邏輯的。

我無奈，卻仍拚命地想跟上領先群。跑到呼吸急促、口乾舌燥，汗濡濕頭髮、臉頰和衣物；跑僵的腿跑完一段路，前面還有一段，沒有盡頭似的折磨著體力、毅力和心志：熬過、別放棄。五年，五次的馬拉松賽，雖不曾得過名次，然而在畢業後卻成為一生中最勵志的橋段。

但這群年輕人為何而跑？為什麼在這兒？還常開心的聊天，究竟是什麼關係？這一連串的疑惑存在心中已久，這一天終於趨前去搭訕：「請問你們是同事嗎？」

「不是，來這邊慢跑，才認識的。」紮頭巾的年輕人歇止暖身回答。

「大家談得來，約定時間運動，分享路跑經驗，甚至飲食……」肩膀最厚實的那位說：「下班後，不想花錢去夜店尋歡，也不喜歡手遊或上網休閒，晚上就長跑鍛鍊身體，習慣後就喜歡上了。」

是附近居民？他們搖頭笑起來。是從附近各地區來的，騎車約二三十分鐘。

怎麼會在這條路慢跑？「有人搭火車經過、有人偶然路過，發現這條新建的大道視野寬、車輛少，適合路跑，一趟約一公里。況且，路旁的這座總圖將完工，可以期待。」手臂繫計數器的人說。

「還有路名『康橋』，徐志摩〈再別康橋〉我喜歡。」束馬尾的女生補充。

VR5G時代，閒暇時能為自己的健康而跑，有別於時下的酸青網民，算是有目標理念與行動的青年，為此我覺得欣慰慶幸；提到徐志摩的詩更引發我的同感，當初我也是看到「康橋」這兩字，特別從東橋七路彎進來走這條路散步的。

年約三十多歲、七、八年級生會提起徐志摩，讓我意想不到。一九二八年徐志摩重遊康橋（劍橋）後，寫下這首膾炙人口的詩，已九十二個年頭，若說人類的傳承一代是三十年，至今已傳遞三代了，可見其文學影響力的無遠弗屆。

據聞這條路原擬訂為「東橋十三路」，後來順應居民意見重訂為「康橋大道」，主要是因為它位於永康里和大橋里間、路上有新蓋的臺南市立圖書館總館，以及砲校遷走後規劃中的十五頃公園，未來將是永康區最具綠意與文化氣息之處。「康橋大道」這名字具有人文精神、很有詩意，符合這種意象。

社區的人去過英國康橋一睹其廬山真面目的人大概不多，對康橋的印象大都來自徐志摩詩中所述：以輕輕的、悄悄的道別，雲彩難離難捨的情感；用金柳艷影、青荇柔波、尋夢長篙、一船星輝，放歌思念往昔的情懷，使得康橋浸染著優雅歡愉的美好。

如同讀過伊恩．佛萊明所寫的龐德原著小說的人不多，許多人對〇〇七的印象都來自銀幕裡的史恩．康納萊，當他出任務時自稱「我叫龐德」之際，也就幫觀眾印記了風流倜儻、出生入死的影像；也許，徐志摩所寫的這首詩，也是像這樣的幫我們定調了康橋「如斯美好」的感覺。

為道路命名看似微不足道的小事，卻彰顯社區居民的意識，對這條大道懷有美好的憧憬。每每我踩在這條大道上，望望路牌「康橋」兩字，感覺彷彿又和這份美好相遇，喜悅之心油然而生。

夜深了一陣風襲來，分隔島上的大葉欖仁颯颯作響，被捲揚的紅葉飄向總圖，總圖庭院有幾位工人還在趕工。路口穿制服的守衛走出崗亭，熱情的跟我打聲招呼。

仰視這棟六樓高的大廈，我衷心地說：「辛苦了！忙三四年有吧！」

「快竣工了，」守衛扯胖臉頰笑著：「萬丈高樓平地起。」

這條大道開通後，我常繞來這兒散步，看著總圖一樓樓的長高，外牆護籬拆除後，白天在陽光下金碧輝煌得宛如黃金屋。我喜孜孜的秀出手機裡的照片。意想不到的，守衛也找出他拍的照片讓我欣賞，並說：「快落成剪綵了，記得要來捧場，這是臺南人的驕傲。」

瞧他引以為榮的神情，顛覆了我對一般員工心態的刻板印象，遇見這位有榮譽感的職場工作者，我真的有點感動，算是意外之喜。

天空飄落毛毛雨，濕潤了迎風的衣裳，這棟具前瞻性、綜合性與研究型的公共圖書館，亮在黑夜這條郊野大道旁，有如一座宏偉的知識殿堂，輻射出無與倫比的光芒。

我走著走著，想起徐志摩曾說的「我的眼睛是康橋教我睜的，我的求知慾是康橋給我撥動的，我的自我的意識是康橋給我胚胎的」。顯然讓他揮一揮衣袖，不帶走一片雲彩的康橋，給他的不只浪漫優雅的感性美好，也富含了啟迪智慧、擴展視野的知性美好。

漫步在這條康橋大道，我總喜歡遐思去邂逅些什麼，或是遇見年輕時候的自己、被凡俗塵封的真情，亦或人類對未來的想望……

——二〇二〇年十二月十三日刊於《中華日報》副刊

高屏溪斜張橋之歌

農曆正月初四到佛光山禮佛，觀賞春節平安燈會後，夜幕已闇暗了大地。回程，遊覽車從停車場駛向臺二十九線，橫跨高屏溪的斜張橋，以一種我意想不到的姿態橫窗而來，彷若一幅美麗的畫吸引了我貼窗凝望遐思。

這座橋我並不陌生，而且還懷有濃濃情愫，主要是我在屏科大兼課十多年，上課日都從臺南住家上國道三，在三地門交流道下，走平面道路到學校。每星期一到兩次，每次來回都會經過這座橋。

斜張橋是高屏溪路段的地標，主橋和引橋全長達二點六公里，它A字造型的橋塔約六十層樓高，矗立在河畔氣勢宏偉非凡。每當駕車穿過中寮隧道、國道十，微彎之後公路就筆直地攤開，奔向遠遠的大武山那方；天空也會隨之空出位置，讓這座橋巨大的身影成為這片風景的主角。

車子走在懸吊於溪流上的主橋，視野倏地遼闊起來，我常常在此野放美感神經，把溪流的瘦削豐腴，溪床蘆葦的四季調色，都釀入記憶的罈子裡；而從塔頂斜伸的、緊拉著橋梁的一條條纜索，就像巨人的豎琴琴弦，引來橋上熱情的陣風演奏，動聽的旋律就響在我的心弦。

除了去教課，載妻子回娘家也是走國道三往返，但是她對斜張橋另有一番的情感。每每返程來到九如路段斜張橋的附近，原本我們還在聊天，她都會突然緘默下來，盯著擋風玻璃前方的風景，等候佛光山釋迦摩尼佛的出現。當佛陀顯現在十點鐘的位置時，妻子就會開始行注目禮，雙手合十嘴唇微翕喃喃自語，直到車過高屏溪。

我知道妻子的喃喃自語，是為家人向佛陀祈福，但不明白為何總是這般的虔誠，有一次忍不住問她，她說小時候創建「圓音精舍」的阿姨真慧法師，陪同星雲大師到她家，要來度她們幾位姊妹出家修行。阿姨和星雲是前後期同學，那時星雲在高雄「壽山寺」弘法，正要創建佛光山。

阿姨來拜訪她媽媽，希望她們家有五個女生能有一、二位出家，不僅能傳承她的衣缽，對家庭及世人也會有所功德。星雲和阿姨搭公路局車子在內埔下車，兩人坐三輪車到美崙村，還引來村裡許多小孩子好奇的圍觀。妻子當時看星雲大師就覺得一表人才、莊嚴慈祥，可惜因緣未到，她們姊妹沒有人應允，不過後來也都成為佛光山的信徒。

妻子成為信徒時常去參加法會慶典，而我隨行自然也親近星雲大師的宏願，人間佛教裡的「給人信心、給人歡喜、給人希望、給人方便」的四給工作信條，以及「做好事、說好話、存好心」的三好運動，如沐春風般的滋養了自己的心靈。佛光山聳立在高屏溪河畔，佛陀紀念館三十六層樓高的佛陀塑像，在斜張橋邊庇佑眾生，使得在高速公路往來的人多了一份安心、安詳的加持，無疑的也為美麗雄偉的斜張橋，增建了一條人與大自然、人與慈悲喜捨無形的橋。

難得在夜深時從這個角度來觀賞斜張橋，這一夜我凝視她的光影，一條條鋼索像邱比特的箭，把浪漫射向天涯遠方的有情人；而一盞盞向上跳躍的燈光，彷若三好四給把世間的美好，譜成一首歡愉的歌曲。

——二〇一九年五月十日刊於《中華日報》副刊

飛越山脈的羽毛

社區新設的公園裡有幾張座椅的椅背，不知何時被人黏上一撮羽毛，在晨曦中閃動著艷麗的光澤，有如印地安人頭頂的羽冠般，散發著神聖光彩的靈氣，頓時激活了我久悶的心緒。

幫椅子插上羽毛，這點子蠻古靈精怪的。但，涵義為何？誰的傑作？又有何目的？那天慢跑經過看見，我一路想。

這座社區東北角的公園，人為的設施剛竣工幾個月，不過早在好多年前就規劃植栽，計有尤加利、苦楝、樟樹、楓香、臺灣欒樹、光臘樹、鳳凰木、阿勃勒、小葉與大葉欖仁、山欖、羊蹄甲、梔子花、白水木、樟樹等。佔地八九十公尺方圓裡，不僅樹種繁多，樹身大都已三四層樓高，大大豐富了大自然的景觀，也演繹了不同植物的枯榮，因而深深吸引你；尤其，比起社區其他三座公園，這兒的座椅特別多，光是咖啡色長條木椅就有三十多個，使得越來越多人喜歡來此休憩納涼。

「要辦園慶活動吧？」我如此的猜想。

一星期後這些疑惑終於有了解答，但謎底卻讓我大為驚豔。

星期日晌午時分，遠遠的就望見有一位戴斗笠的婦人，站在鳳凰木旁那張座椅前，雙手不知在忙些什麼，趨前一看，只見她在椅背上貼雙面膠，從手提袋裡選出五六根羽毛排在上面，再用透明膠帶貼緊在椅背。呵，原來是她的傑作。

「大熱天，辛苦了。」我來到她身旁搭訕。

她回過頭來，說：「習慣了，在我家鄉，這種熱天。」

「辦活動嗎？」瞧她一副茫然，改口又問：「妳是社區員工？貼羽毛是慶祝公園落成吧！」

「我只是幫孩子照顧孫子的閒人，貼羽毛只是想做點事。」她指指公園旁的大廈，說：「我就住這裡，第十五樓，可以看中央山脈。」

想做點事是什麼意思？探問才知：常有鳥兒在座椅上拉屎，影響遊客使用意願，讓她覺得很可惜，清晨公園散步時，她就帶抹布來清潔，後來想起她的家鄉花蓮富里，稻田裡除了架有稻草人外，也會立竿拉線綁羽毛，用來嚇走鳥雀，於是向朋友要了一袋雞毛，在這裡如法炮製。

富里，我去花東縱谷旅行常路過，也曾多次到六十石山觀賞金針花海，其美味的富麗米與池上米、關山米齊名。暢談這個話題，感覺彼此親近許多。

「用雞毛嚇鳥有效嗎？」我漫不經心的問。想不到，她卻大動作回應，攤開一張自製的公園座椅位置圖。

「這要做試驗，我先在朝南、朝西的椅子貼羽毛，觀察椅子的鳥糞量有什麼差異。有差，你看這照片。」她點手機的照片，一張張說明：「我曾看到有鳥兒飛去啄這些羽毛，顯然把它當真。不過，久了也會被鳥兒識破，所以，這星期貼朝北、東的椅子時，羽毛的位置就變化一下……」

她熱情的說明試驗設計、實施步驟與過程觀察，不由得想起居禮夫人學做蛋捲的故事：居禮夫人結婚前很少下廚，婚後，朋友們都替她擔心。哪知，她把學做菜當成做科學實驗，依烹飪書操作，記錄過程，也及時檢討，如「奶油沒有充分加熱，蛋捲才會缺乏彈性」。

意想不到，貼羽毛的小事背後竟然藏有科學理念，一股由衷的敬意，不禁裊裊升起。而貼羽毛趕鳥的構思，來自她的家鄉記憶，這美好的記憶好似伴手禮，讓她得以藉此分享鄉情的芬芳。

「我十五歲離開家鄉，之後為求學、工作、結婚到處遷徙，前年到這兒買房子，兒子孝心就選最高層、朝東的，讓我每天可以眺望中央山脈，越過山脈就是花東縱谷，富里的緯度跟曾文水庫差不多，瞧，大約就在這個方向。」

順著她的手指，新化丘陵後的遠山層層疊疊的、朦朦朧朧的，我努力看，還是平常的遠山，沒有什麼情感的遠山，我的視線也僅止於此。我困惑的望著她。也許，就像誕生在俄屬波蘭華沙的居禮夫人，十七歲時冒著被流放西伯利亞的危險，加入由一群熱愛祖國的波蘭年輕人組成、必須時常變換場地的「遷徙大學」，除了互相切磋琢磨，也教那些不認識字的人讀書，其動機背後也是來自濃濃的鄉情吧！

此後我來這座公園慢跑，感覺多了好幾項美景，除了迎風搖曳的羽毛、遠方的中央山脈，還有大廈第十五樓的窗口，我總會不自主的抬頭仰望。有一天晚上，還夢見有一團絢麗的羽毛越過中央山脈，喜孜孜地朝我飄來。

——二〇二二年七月十三日刊於《中華日報》副刊

秋分拾情

秋分時節，偶然憶及杜甫《晚晴》裡的詩句「秋分客尚在，竹露夕微微」，一時興起，便駕車往阿里山山脈尋幽。

走竹崎一六六縣道東向，山巒青翠迎面，原想如旅行家徐霞客，把精神專注於山相的鑑賞，只惜車子蜿蜒在林間沒多久，山徑旋即陡峭起來，引擎怒吼著盤過幾處急轉彎，爬上山腰臺地後，抽緊的神經方得鬆弛。

驀然瞥見路旁有一紅瓦白屋，籬邊架有大型遮陽傘，以為是供遊客休憩的驛站，逕自將車子駛進庭院，在那兒摘石蓮花葉子、頭髮灰白、長相斯文的男子走過來，問：「找誰？」

「啊，是私宅，抱歉。」我按下車窗尷尬的聳聳肩。「本想買杯飲料的。」

「有緣就是客，歡迎。」他露齒一笑，鐵鍬般的手幫我開車門後，展示盆子裡肥厚的葉片，說：「我正準備打果菜汁喝，要嗎？」

我點點頭，走到傘下的椅子坐定。他在流理臺前搓搓手說：「我曾是鼓手。」說完，雙手果真像熱門樂團的鼓手，敲打節拍般地舞動，先是左右手擲葉片，接著左手倒開水、右手滴蜂蜜、拋冰塊，而後按響果汁機，等渾濁的機械聲變成細軟的呢喃，端視果汁機裡的顏色，露出滿意的表情。

「嘗看看。」他把果汁倒進玻璃杯裡端過來，用感情的聲調說。

「呀，好美！」果汁擺在桌上的這幅畫面落入眼簾時，我不禁脫口說。婀娜曲線的玻璃杯、飽滿綠意的果汁、昂首俏皮的紅吸管、潔白有型的傘柱、堅實的棕色柵欄，物體的顏色、線條、位置、姿態，如此巧妙的組成一幅動人心弦的畫，更巧的，從山谷浮現的白雲適時趕來，更深邃了美感的意象。

美，是主觀意識，還是人類基因？真實存在，或短暫虛幻？年輕時讀柏拉圖的認識論，他主張知識不是「看」來的，是透過回憶和推理得來的概念，概念比我們感覺到的物體更真實長久。他以「美」為例說明：任何美麗的人都會變衰老死去，而「美」這個概念是完美的、無時間性的。

啜飲這杯微微酸澀、甘草香氣的果汁，我咀嚼著這位哲學家的話：美是概念，得以成為知識被人類傳遞；美是情感，透過個人的回憶和推理得以觸景生情。換句話說：美是一種概念，也是一種情感，因此才能被傳遞與分享嗎？

「昨晚下點雨，今天牛稠溪谷的上坡雲就活潑，阿里山的雲海有名。」他倚在欄柵指著遠方的山脈說：「讀大學時當登山社社長，常帶學弟妹『溪阿縱走』。」

「溪頭到阿里山這條線很熱門，我也曾參加登山社，爬過幾座山。」

談起登山的種種趣事，感覺兩人一見如故，攀談之下，得知他十多年前退休後，買下這間農舍野居。

「瞧，前面這座山就是獨立山，阿里山小火車通過樟腦寮鐵橋後，以螺旋式繞山三圈，再以8字形迴圈式離開。年輕時候，時常陪學妹站在離這裡不遠的金獅國小觀賞，她喜歡眺望小火車宛如蝸牛般的爬上山頂。」

「在等一個人？」我問。

「不，她不在了，大學畢業不久，一場無情的車禍。」他的聲調低沉起來。

從山谷揚起的雲逐漸靠攏過來，眼前迷迷濛濛的一片，也淹沒了獨立山，但他仍然目不轉睛地看著。

這般的忘情，不禁讓我想起白沙山莊，那位老是穿長袍上課、喜歡行走在學生座位行間吟詩、滿腹經綸的國文教授，他也時常忘情地凝望窗外。窗外沒有什麼景，只有幾欉散布於湖畔的黃椰子，偶而在風中搖曳罷了。我總覺得納悶，有一天在系館碰到他，鼓氣勇氣問，他捻捻鬍子笑語：「觸景生情懷念家鄉矣！」

「不是等一個人，是在懷念一個人。」良久，他才挪回眼眸，淡淡地說：「在我這種年紀，還有這麼美好的事物可以回憶，是很幸福的。每看一次，心頭就甜蜜一次。」

想必歷經滄桑的人，更容易觸景生情吧，而回憶就像一帖神奇的藥膏，往往能撫平傷痛、寄情療癒，杜甫流離顛沛一生，晚年寫《晚晴》不也是藉秋景的美，抒發憂國憂民之情。

臨別沒互報名字，只互道珍重，我繼續駕車往山中行。一路上，沒有心思賞景尋幽，都在回想剛剛的境遇，石蓮果汁、雲海、獨立山、小火車。也許，這條秋意的山脈，每個路段都有人間的深情駐留。

——二〇二二年十月十二日刊於《中華日報》副刊

天冷了哦

如同走臺二十線新化到玉井路段，喜歡張望途中的卓猴、千鳥橋、倒松路牌，這散發生活味的地名不僅讀來倍覺親切，背後似乎也藏有某些動人的故事，引領我去梳理脈絡或綻放遐思。

這一天參訪用糯米、黑糖及石灰砌接的糯米橋古蹟後，拾級而上臺二十一線，漫步在北港溪橋，偶然抬頭乍見預告里程的路牌，寫著「國姓市區、天冷、東勢」地名，其中「天冷」格外突出，緊緊抓住我的視覺，腦海裡頓時湧現許多念頭。

就像左鎮的「卓猴」，本以為是罵人性情猴急的「著猴」，探究後才知是平埔族的「卓猴社」，昔因需努力驅除猴子以少農損，遂取名為「除猴社」，而「除猴」音同「卓猴」，又稱「卓猴社」，往後每番經過這兒，總會不自覺的搜尋山谷有無猴子的蹤影；天冷，這地名望文生義是天氣冷，這海拔不高的山丘是因地勢地形的輻射特別比其他地區冷，或是因天冷曾發生某些事？

走著想著，一陣冷冽的風襲來，我顫著身子拉高衣領突然問自己：天冷究竟是名詞、動詞，還是形容詞？是過去式、現在式，還是未來式？

記得小時候歲暮的季節常聽大人們說：天冷了哦。那是告訴我們小孩子，天氣冷了或即將變冷了，想讓我們想起隨之而來的凍僵手指、凍疼臉頰和感冒流鼻涕、發燒打針。其實這句子最重要的是它後面隱含的意思「要多穿衣物保暖」，隱藏著說話的人對我們的關懷。

我比較幸運，少有被冷得難受的時候，記得大學畢業那年的春假，跟老K幾位同學南橫健行，由天池走到向陽，夜宿海拔二千五百多公尺的啞口山莊，氣溫遽降，冷得牙床打顫，疲倦想睡，棉被卻被凍成冰被，我寧願不蓋，抱著膝縮成一團，極力忍受難捱的漫漫長夜，百般祈禱黎明的陽光趕快來臨。

對他人「感同身受」之所以「有感」，常常是自己也曾身陷類似處境吧，這一次的遭遇，使我終於明白：年方九歲的黃香冬日嚴寒時以身暖其親之衾，以待親之暖臥，這則溫席的孝行能流芳千古是有其道理的。爾後，每當天冷之時，你開始懂得關注周遭處於飢寒交迫的人們。

有好幾年的日子，我在一家民間慈善團體工作，承辦公部門的街友外展服務，歲末需啟動關懷機制，入夜後拿著保暖衣物和食物，到街友露宿的熱點訪視，或提供物資，或安排臨時住處，臨別總不忘叮嚀：天冷了，勿飲酒、記得保暖哦！

街友流落街頭，大都是因時運不濟，年老力衰，親人早逝等。他們沒有工作不見得是因不事生產，二零零四年我參加內政部「日本對路上生活者輔導管理」考察，從東京都廳舍的大樓往下探看，新宿中央公園的樹林掩蔽著一頂頂的藍色帳篷。

這些帳篷就是一群「路上生活者（homeless）」遮風避雨棲身之處。那個年代日本長達十多年的經濟不景氣，企業界又大行裁員，許多人因此失業或工作所得降低，入不敷出無力租屋而餐風露宿，幸得民間團體伸出援手，提供避風遮雨的暫住帳篷、經濟生活扶助與職業復健服務。

不論是有系統的長期協助，或是一句天冷了的噓寒問暖，沒有功利權謀的關懷，總容易觸發對方內心最真誠的回應，一記表達感謝的點點頭，一個重燃生命力的眼神。

有一年年末寒流來襲，我和主管科的科長去熱點關懷訪視，有人通報高雄火車站內有路倒者，原來有位父執輩的老兵來高雄訪友未遇，沒能覓得住宿之處，逗留車站許久，因體力不支縮臥在走道。經了解與慰問，得其同意至惜緣居暫住時夜已深沉，車站的電視機正在轉播元旦的倒數計時，臺北市政府廣場、一〇一大樓周遭都擠滿人，熱情的喊著五四三二一，而後響起雷般的歡呼聲。新的一年開始，我的感受很深，因同時看到遠方的歡欣鼓舞，也看到眼前孤零零老兵的點頭致意、那對泛著淚光的眼神。

風更大了，猛晃邊坡上的黃風鈴花簇，風聲夾著溪流的嗚咽、穿過蕭瑟的樹梢，成群結隊的沿著臺二十一線往國姓、天冷去了。

天真的冷了哦，天冷到底是名詞、動詞，還是形容詞？是過去式、現在式，還是未來式？長大後的我越來越能明白，這些都包含在內，全是來自人類的悲憫之心，它們的交集就是關懷詞、關懷式。

——二〇二二年一月十四日刊於《中華日報》副刊

小蝎虎之殤

秋涼的夜晚，我坐在沙發彈中阮，彈唱起〈流浪到臺北〉這首描寫男兒立志為前程，流浪到臺北打拚，在月光流瀉之夜思念故鄉情人的小調。

這隻食指大小的蝎虎，悄悄地爬在牆上聆賞，另一隻躲在掛畫背後，也都凝神諦聽得宛如街頭靜默的銅像，也許是在為牠們離世的孩子哀悼，墜入這感傷的曲調裡吧！

幾個星期前在樓梯，看見一隻剛破殼而出的小蝎虎，驚惶的蠕動小鐵釘般的身子躲藏，那時我就閃出一個念頭：這麼小怎麼存活？今早發現梯階上有條毛線，仔細一瞧有腳掌，岔開的爪子根根可辨。呀，是這隻小蝎虎，真是不捨。

牠蒼白的軀體躺在木質地板的光澤裡，彷彿生命鬥士綻放不屈靈魂的光芒。人類以萬物之靈自居，其他動物有其靈魂嗎？動物界的學名 Animalia，源自拉丁文的 animalis 就有「會呼吸的」和「具有靈魂」之意。兩千三百多年前的希臘哲學家亞里斯多德，則把動物的靈魂分「理性靈魂」和「感性靈魂」兩種。

近日新聞報導明德水庫臨五六十年來最嚴重的旱象，上游庫底已乾枯，許多魚因沒有水可呼吸，被曬乾在龜裂的泥地上；玉山國家公園塔塔加園區，有一隻小臺灣獼猴被撞死，母猴抱著牠不捨放手，一如往昔的幫牠舔毛。母猴流露的感性靈魂讓人類也動容。

蝎虎，是卵生，想必也和胎生動物一樣具有靈魂，只是感知與表達的方式不同罷了吧。春夏是牠們的生殖期，雌體產下一兩個白殼卵，四五十天後孵化，經一年性成熟。

通常爬蟲的外型是不討喜的，黑色排泄物更讓人嫌惡。然而我是在鄉下長大，從小牠們就時常出現在房間裡，神出鬼沒的捕食蚊蟲，嘎嘎幾聲引我注意，牠們還會互相追逐嬉戲，甚至失足摔落在蚊帳上，惹得我會心一笑。

童年，躺在床上觀賞牠們的把戲，然後滿足的沉沉睡去，是我獨享的秘密樂趣。但是自從搬遷到城市，定期粉刷的水泥牆、緊閉的紗門紗窗、經常的噴灑殺蟲劑，家裡就少有食蟲小動物來寄居。

記憶中除了那隻被我取名為「高腳七」的小蜘蛛，曾在浴室天花板張網捕蟲棲息一季之外，就是牆壁上偶而會出現的蝎虎了。今年只看到這一對在客廳活動。時序將進入寒冬，蚊蠅更少，在缺乏充足食物下，初生的小蝎虎想求生存，可不是件容易的事。只不過我這無心的念頭竟一語成讖，讓自己覺得唏噓難過。

這無心是沒有惡意的隨口說，或是隱隱約約對死亡的預知，並含有害怕它發生的擔心？顯然是後者。七月走得倉促的摯友H，不也讓我懷有這樣的心情嗎。

端午節H突然來電輕描淡寫的說：得攝護腺癌第四期，正在接受治療；那本心理測驗大學用書即將完稿。

我驚愕的抽了口氣，第四期？癌細胞已侵犯到骨頭，這可不是小事。難怪之前所傳的訊息，兩年來他都只讀不回，是得病後心理還在調適，隱瞞病情，還沒準備好要告訴我這件事吧。那天，他說得輕鬆，但那虛弱的聲音、聊著作心願的完成，豈不是在向我道別的起手式。

在同學眼裡H是孤鳥，不喜人際活動，又沉默寡言，只有我跟他的交情最好，最有話說。其實在校期間我們攀談也不算多，但每每都讓我難忘。

入校那年我和H睡上下鋪。晚上就寢時，他還沒進來；早上起床，已不見他的蹤影。他的床鋪經常是空著的，到底去哪？又在做些什麼？讓我非常好奇。

班上油印的班刊出版，同學們的文采都不錯，但大都屬風花雪月，而他寫的〈叛徒〉中，提到「為什麼耶穌的十二門徒中有個出賣老師的猶大，亞里斯多德也有個火焚羅馬的學生——暴君尼羅皇帝」，探討叛徒背叛的動機最為吸睛。十六七歲的他就談論深奧的心靈哲學，令我大為折服。

請教之下才知他有興趣於心理學，早已立志升學，並勤奮準備。我大吃一驚，因為師專生享公費，畢業後就有工作，但也需服務五年。因此很少人會去思考自己未來的志業，或是有勇氣去掙脫這種宿命的。

H做到了，服兵役後立即考上彰師輔導系，申請展緩服務繼續求學。是班上第一位博士、在大學任教的。這不僅是我向學的典範，他還剪我報章刊出的文章，夾著一張激勵的小紙條寄給我，上次我腳踝受傷到臺中參加同學會，他借來輪椅推著我逛花博，這種種的貼心都駐留在我的感性靈魂裡。

我隱約的預知，讓心頭蒙上悲涼陰影，總想做些什麼反抗或改變這不幸境遇。我抓蠅蚊丟在樓梯角落，好讓小蝎虎進食，但卻無濟於事，或許牠們只吃活動著的獵物吧。而我對H只能說些「沒問題的，好好治療，哪天來玩，再去安平吃美食」之類的話安慰，其他的似乎都幫不上忙，使我挫折得很。

七月三十一日那天早上十一點，我想念他，用賴傳簡訊問候，哪知一直都沒讀沒回，後來他的家屬告訴我說H就是那時候闔上眼的。一輩子的互動停格在這則未讀的訊息上，這未讀的畫面變成一道淌血的傷口，一直在我的心頭滴滴答答的響著。

窗外颯颯的秋風從低吟到尖嗓，拉出長長的蕭瑟樂章。我回憶起H攻讀博士時，租居在師大附近的學生房，我到臺北出差時就睡在他的上鋪，兩人敘舊聊天，彷彿回到少年時代。H立志求學，一路從屏東讀到臺北，豈不也類似流浪到臺北，男兒為前程打拚的寫照。

有人說「生命只是個月臺，你來的目的就是離開」，瀟灑了人面對自己的生命終結。但人面對親人摯友的死亡，失去所愛形成的心理創傷，心身醫學家恩格爾（Engel）說其嚴重如同被燒傷生理所承受的劇痛。而這種失落與哀慟心理歷程，任誰都得走一段路療傷才能復原。

夜深了，我拿起中阮再為H和小蝎虎，彈唱這首〈流浪到臺北〉。

——二〇二〇年十一月十四日刊於《中華日報》副刊

不老小火車站

這趟返鄉舊地重遊，油然興起我對五分仔車的懷念，心靈深處那兩座不老小火車站，也就冒氣鳴笛的忙碌起來。

上星期偕同妻子回家鄉麻豆，在龍泉里舅舅家果園採文旦後，沿嘉南大圳往東走，不消幾分鐘就到達南瀛總爺藝文中心。這兒原是臺糖的總爺糖廠園區，除了大型製糖工廠和倉庫外，亦建有員工宿舍、郵局、醫務室、集會所、俱樂部、福利社、小學等七十多棟建築。

在糖業興盛時期能在豐饒的園區生活，可是讓人羨慕的。我因於父親在糖廠任職保警，得以有機會在此就讀「總爺代用國校」，並在小四時全家搬來員工宿舍住上兩三年。雖然事隔四五十年，對目前留存的紅樓辦公大樓、紅磚員工餐廳、廠長典雅寓所、日式庭園造景、主道路蓊鬱的百年樟樹，這一草一木以及在福利社買紅茶配枝仔冰吃的諸多往事，都還記憶猶新歷歷在目。

「麻豆得天獨厚，擁有一季的柚花香和甘蔗甜：每年農曆二三月間不僅柚花飄香，製糖期的空氣中總瀰漫一股甜味。」我指著大門口馬路對面的空地，對妻子說：「這裡原本有一個小火車站，糖廠隆田線的總爺車站。」我比手劃腳的描述位置及模樣，木造的土灰色外觀，設有售票間、行李間、候車室、辦公室、閘門出入口。

每當甘蔗收成期我喜歡倚在欄柵，看著一節節飽滿的白甘蔗車箱，從遠方被火車頭拉來，轉進鋪設許多軌道的廠房裡，工廠的機器忙碌著轟隆、巨大的煙囪忙碌著吞吐、鐵路人員也忙碌著工作，整個世界變得生龍活虎的。

平常我也喜歡來候車室坐著等父親下班，父親總會從車站旁的防空洞裡拿出水果給我吃，有時是香蕉，有時是葡萄、蘋果，好像那裡是阿里巴巴的寶藏庫似的；有一位長得很像諸葛四郎義弟真平的站務員，常瞇起他的細眼睛逗我玩，說些「喂，林小弟，我們來玩大戰魔鬼黨」之類的話，而後舞起劍式，直到父親來接我時才罷手。

而今糖業沒落已久，這兒沒了製糖工場，沒了運送原料的五分車；隨著公路的開發，少了旅客的光顧，小火車失去了軌道、失去了停駐的火車站，若不是自己曾在此生活過，眼前不留痕跡的一片，在豔陽下仍只是稀鬆平常的空地。

妻子發現我有點感傷，安慰說：「雖然不見了，但它鏤刻在你的心版。」的確，這座小火車站裝載我的童年和父親年輕時的身影，駐紮在我的心田，未曾消失過，也不曾老過。

或許也因如此，到國外行旅，我總喜歡搭乘當地的小火車回味，如：搭日本京都嵯峨野觀光小火車，沿保津川峽谷欣賞風光，或春櫻花、夏青楓，或秋紅楓、冬雪林；紅橘色車廂和阿里山小火車的紅白，韻味感覺相當，約半小時旅程徜徉山林溪澗水間，拾得閒適。

又如搭北疆烏爾禾風城遊園車，蒸汽小火車造型車頭掛著兩節車廂，行駛在準葛爾盆地的雅丹地貌上，白堊紀時代這裡原是水草豐美的湖泊，歷經地殼大變動已成戈壁，陡壁小丘被風蝕形，或像船艦、或像城堡、雄鷹展翅，大自然的鬼斧神工，引人遐思。

最有感的就是搭澳洲墨爾本普芬比利鐵路的小火車。這條鐵路原是丹頓農山脈運送木材用，後來因為伐木業蕭條，加上路基坍方而停駛，七十年代在地方人士奔波下，由一群志工投入營運工作，轉型成觀光列車。

它和臺糖小火車一樣都是窄軌的五分仔車，車廂裡的設備簡單，兩旁各有一排長條的木質座椅，觀光客都流行臉朝外坐在窗臺上賞景，沿途的山林風光爽目，但最讓我驚豔的是它的貝爾格雷夫車站了。

貝爾格雷夫車站是營運管理中心，除了辦公室、候車亭、售票窗口，還有紀念品展售室，琳瑯滿目的商品中，蓄著濃密長鬍子的尪仔布偶最吸睛，攀談之下才知道是他們的logo，在這兒服務的幾位老叟都是志工。啊，真是不老騎士呢！

望著他們梳理整潔的白鬍鬚、熱情煥發的神態、彬彬有禮的態度，驀然我有個奇特的聯想，這條百年歷史的骨董蒸汽火車路，他們彷彿是童話裡的聖誕老公公，正忙著把慈祥與希望遞送給全世界每個人。

火車頭噴出蒸氣鳴笛要出發了，月臺上的白鬍子站長咧開嘴朝我們揮揮手，把他的微笑用目送傳到車廂，在車輪滾動節奏聲中，這座不老小火車站就逐漸縮進我的心坎裡。

——二〇二一年九月十四日刊於《中華日報》副刊

今天看地圖了沒

很久以前我就喜歡看地圖，後來越看越有趣，甚至覺得有療癒感，於是就更加著迷，現今都會問「今天你看地圖了沒？」來提醒自己。

那是我少年時代，偶然讀到馬克．吐溫撿到一張流浪紙，那張紙是從《聖女貞德傳》裡脫落的，少女貞德的英勇讓他很想看下去，只好進圖書館找，後來讀出興趣，閱讀了許多書籍，使原本野孩子的他，得以奠定豐厚寫作基礎，寫下《湯姆歷險記》等不朽的小說。

這故事對當時木訥孤獨的我，起了很大的遐思，認為有意被人撿到的東西，可能都含有某種魔法，因此飄落到腳邊的紙，我都會學他撿起來看看。

有一天我撿到一張吸睛的紙，半頁的手繪地圖，上面畫著歐洲、非洲、北美洲、南美洲，有一條虛線箭頭從西班牙，橫渡大西洋到聖薩爾多島，虛線上有三艘帆船航行，註記「哥倫布航線」。

想不到這張地圖紙起了魔法，讓我保存它，有空就拿出來端詳，地圖裡非洲的大象、駱駝，北美洲印地安人延伸了我的想像，陪我度過許多寂寞的時光。

別笑我痴，後來我「按圖索驥」的去讀哥倫布傳。一四九三年二月二十二日哥倫布回西班牙途中遇到暴風雨，認為自己難逃劫難，把他的筆記和給女王的報告，放進密封的酒桶擲入海裡，這隻「瓶中信」的酒桶，從此浮沉在我腦中的大西洋，我忍不住在地圖上畫「瓶中信」的酒桶，期待它有一天能被我撈起。

我越來越喜歡收集地圖，喜歡在上面加註一些什麼，這樣的習慣在二〇一三年，讓我的地圖又起了魔法，那年我們有一大群人去報考華語領隊和導遊，朋友們都說很好考，因為歷年的率取率都在三成三以上，想不到這次報考導遊有四萬多名，成績及格者僅一千餘個，錄取率三．一四％，領隊也只一二．七七％，引起補教界的譁然，我朋友全倒，而我卻雙榜，讓他們驚愕不已。

「呀，原來你是這樣準備歷史、地理、觀光資源這幾科的喔！」有一位朋友看到我的臺灣地圖上寫滿加註的符號、數字及文字，恍然大悟的說，又問：「能不能留給我準備下次的考試。」我搖搖頭，地圖上註記的是我獨特的語言，對別人難以起作用，而我的感情也都注入在裡面，是難以割愛的。

我拿到導遊、領隊證照後，添購一張二〇一一年版的「建國百年世界地圖」，貼在一樓書桌旁的牆壁上。帶團出遊前先複習這條路線沿途的歷史人文，把相關的訊息寫在便利貼上，黏貼在相當的地理位置上，行旅途中分享團友，回來後也加添所見所聞。

西藏行旅，看著地圖上的拉薩，文成公主的身影就會浮現；而在新疆天山山脈南麓的開都河，腦海會浮現觸犯天庭的沙悟淨，被罰在那兒當妖怪的無奈。上個月搭郵輪去太平洋，我不知不覺的盯著海面，看看哥倫布的「瓶中信」酒桶有沒有出現。

我看著看著大地圖，不知怎的，小美人魚會悠游在哥本哈根的港灣；一九〇二年萊特兄弟威爾伯駕滑翔機，會飛越地圖上的屠魔崗，別說這不是療癒，我的心靈因此就被燙平而廣大了起來。現在，每當我心情煩躁時就會提醒自己「今天看地圖了沒？」

——二〇一七年十二月二十二日刊於《中華日報》副刊

打滷麵

從新社區走到這兒，太陽已經隱沒天際，這家打滷麵的圓形招牌燈亮在暮色裡，遠遠望去彷彿是一輪明月，貼在冷風蕭瑟的街景裡，構成一幅謐靜又有溫度的圖畫。

這偶然拾得的驚鴻一瞥，使我喜歡多走半個鐘頭的路散步到這兒。只是，幾個月來發現這家店開著，裡面卻老是沒有什麼顧客進出。出乎預想之外的冷清，讓我心裡升起一個念頭：有一天我該走進去捧捧場的。

薄暮時分，那輪圓月又亮進我的眼眸。我下意識的摸摸褲袋裡的皮夾，掏出手機打電話給妻子，請她別做晚飯，我會買她喜歡吃的滷麵回去，然後我終於推開店家的那扇玻璃門。走進去，沒看到人，朝裡面喊：「請問，有人在嗎？」

我打量這幾坪大的店面，擺了五張桌子，最裡面右邊豎著半個人高的櫃臺，左邊有個通往廚房的門。這原本是一排透天厝的後方，因為開發新社區新築了這條馬路，有幾間就把尾端這部分改建，朝向馬路當門面經營起生意來。

是開張不久的小本生意吧！地板和桌面很新，沒有泛油光的漬跡；刷白的牆壁空無一物，沒有名人的開店賀匾，連張貼海報來美化或行銷也沒，因此我不期待會有跑堂的或穿時髦的店員來招呼。

「有人在嗎？」沒人搭理，我的喊聲音量又提高些。

這時櫃臺後面才冒出一張臉，是一位捲髮的中年婦人，她蒼白的臉龐沒有一絲喜悅駐留。看到我一句話都沒說，只指指櫃檯上的餐單，意思是要我自己看要點什麼。

這是什麼態度？我感受到那種不受尊重的奚落，原本來捧場的熱情頓時被澆熄。難怪生意會那麼的冷，誰願意花錢受氣。我嚥了嚥口水，看著菜單來穩住情緒。菜單上有「滷麵、滷羹飯、滷米粉……」

要買嗎？或是給她一點顏色，掉頭就走？沒買，兩手空空回家，妻子問起就照實回答「因為氣憤不買了」。但，她一定會追問，而我得一五一十的說明，這不僅費時費力，自己又會陷入不愉快的情緒裡，不是聰明的作法。也許，說個比較動人的理由，有個交代之外，妻子也不至於太失望。說「滷麵賣光了」，嗯，可是現在還不到七點呢。「路遠，怕買回去變涼了」，嗯，會變涼多少？這理由太牽強，妻子也會認為我不夠誠意。有誠意的話，會小跑步回家的。

想到妻子的期待「我的滷麵呢！」腦海浮現黃春明的小說〈魚〉：即將結束學徒生涯的阿蒼，履行對阿公的承諾，在回家之前買了一條魚，把這條包在野芋葉裡的鰹仔魚，掛在腳踏車的車把上，卻在途中掉落，被卡車輾糊。回到家，阿公問起魚，兩人展開一番讓讀者們都難以忘懷的對話。

「在途中被狗追，滷麵掉落在地上」學這篇小說裡的情節如何？但，人家阿蒼可是真的有買魚呀！想到這裡，我笑起來。

這時，那婦人突然開口了，聲音很大很響，讓我嚇了一跳。「看你歡喜成這樣，是慕名而來的吧！」她蒼白的臉頰有了一絲血色，人還是坐著不動，只用眼睛看著我。她看我笑起來，以為我歡喜，真是天大誤會；說我慕名，他們的店名我都不曾聽過，未免太自大了。我聳聳肩，感覺好笑。

她繼續說，越說越興奮，眉毛都飛起來。「我們可是三代祖傳專門辦桌的。打滷麵勾出來的滷汁稠的，凝而不濁，腴潤而不濡。」

聽她這樣描述，這滷麵是大有來頭的，但都怪我對她的第一印象太糟，還困在首因效應（Primacy Effect）裡，我內心掙扎著要不要買，她大概看出我的猶豫不決，就說：「你試試看，若不好吃，下次你也不會來。」這句話給我的自尊有個臺階下，於是我就勾選「外帶、滷麵、兩碗」，她朝廚房方向照著訂單大喊。

過了幾分鐘後，有一個穿白色廚師服的年輕人從廚房走出來，把裝好滷麵的袋子交給我，送我到門邊露出笑容說：「對不起，我媽媽耳朵重，常聽不清楚客人的話。前幾個月還摔壞腿，現在復健中，有失禮之處請多包涵！」

他一鞠躬，我的臉倏地發熱起來。

走出店家，我回頭望望街景，這輪明月正暈染出一種美感。我拎著滷麵提袋，邊走邊吹口哨，高興自己能實踐這個初心：有一天我該走進去捧捧場的。

——二〇一九年十二月二十八日刊於《中華日報》副刊

輯二　心儀人物

只要你是天鵝蛋，
就是生在養雞場裡也沒有什麼關係。
——安徒生

每個晨讀都是簡樸的邀請

晨起，攤開《湖濱散記》扉頁，字裡行間散發的都是簡樸的邀請。

西元二千年的夏天，我到華爾騰湖拜訪《湖濱散記》作者亨利．梭羅，半蹲著與他的塑像合影。會半蹲著，是來自內心的尊崇，也想和他的塑像、小屋同框合照之故。

一八四五年二十八歲的梭羅，在華爾騰湖畔樹林中建造小屋，闢地農耕獨居兩年兩個月，後來把小屋贈給地主愛默生，經幾次的轉售，一八六八年拆除。百年後有學者發現煙囪的基石，立碑列為國家文物標誌，一九八〇年依照梭羅書中的描述和其妹蘇菲亞的手繪圖，在原址重建小屋的原貌。

那年參加張老師基金會的「美東家族治療研習」，波士頓麻州大學課程結束後順道參訪，這個行程似乎與研習主題無關，但宏觀看，梭羅二十本著作都富含生態或社會議題，其中的「公民不服從」就啟發印度聖雄甘地、俄國文豪托爾斯泰的思想，讓他們勇於付諸行動去改造社會。梭羅早托爾斯泰十一年出生、早甘地半個世紀，卻能透過作品連結心靈，文字穿越時空的魔力實在無遠弗屆。

華爾騰湖在波士頓西北方，離梭羅的家鄉康科特不遠，湖不大，約六十餘畝，進出湖區也很方便，梭羅四歲時來過對這個湖就懷有好感，在他的筆下這座湖深邃純淨，湖光山色風姿綽約，任他泛舟吹笛、賞魚聽鳥，怡然自得。

向來到文學地景旅行我都很興奮，去西班牙的龍達為捕捉海明威《戰地鐘聲》裡的戰役場景，我來回走了好幾趟懸崖上的新橋；來到華爾騰湖畔的小屋則是放大每一條感覺神經，期待能發現梭羅當年在《湖濱散記》裡生活的樣貌。

人字形屋頂、紅磚的煙囪，小小的木屋掩映在樹林間，幽靜典雅得宛如歇息於湖泊的天鵝。室內的家具擺設簡單，靠窗的圓桌最吸引我。梭羅小屋的房門從沒上鎖，任誰都可以進來翻看桌上的書，那麼桌上會擺哪些書呢？

梭羅曾跟好友愛默生借閱大批藏書，包括希臘古典著作、東方經典名著，這些都會帶到小屋吧。除了整個夏季放在桌上抽空閱讀的荷馬《伊利亞德》外，他經常引用的《希臘神話》、柏拉圖《對話錄》，以及載有孔夫子名言「君子之德風，小人之德草」等的《論語》也有吧。

坐在他不想裝窗簾的大窗子邊，望向通往湖邊的那條小徑，想著他到湖裡沐浴後回到書桌的晨讀，他喜歡在頭腦最清新的時刻，把晨光獻給書頁，認為閱讀是通行心靈王國的護照，他還說：「要讀就讀最好的經典，人類思想最高貴的紀錄，許多人終其一生只讀過教科書、坊間那種風花雪月的小說。」想到他說的這幾句話，我有點尷尬的笑起來，呵呵，有點說到我了。

屋外水泥樁圈住的區塊是當年梭羅的豆田吧。他用簡單的農具、原始的耕法，種植豌豆、玉米、馬鈴薯等農作物自食其力。他把豆田闢成介於荒野與耕作之間的「半開發田」，以便讓豌豆能享有野生狀態的愉悅；又說豌豆不單是為他結果，有部分它也是為了土撥鼠，「我所鋤的田不再是豆田，而鋤田的我不再是我」，這些話很莊周夢蝶，卻藏有民胞物與的溫度。

這一天我站在他的豆田上，彷彿看見梭羅和土撥鼠、豌豆歡聚，眉開眼笑的跟我說哈囉。

梭羅並非厭世離群索居，有事仍會沿著鐵道走回村落、農餘打打零工；他沒有全然食素，偶而也打打牙祭。在林中建屋是為了實驗簡樸生活理念，想認真過活，免得臨終時才發現自己白活一場。《湖濱散記》裡「I went to the woods because I wished to live deliberately……」這段發人深省的話，被鐫刻豎牌在林間小徑旁，我走過去又走回來，總是投下深沉的一瞥。

臨別我想著該送梭羅什麼禮物？當年來造訪他的名人不少，有人留下名片，有人編織柳條當桂冠，還有人把英國詩人斯賓塞的幾行詩，寫在栗樹黃葉上當訪問卡，這敬意的傳達不僅貼切又詩情畫意，最讓我稱羨了。

一時我也想不出詩來寫，語錄牌的旁邊有半人高的石頭堆，類似西藏的「瑪尼堆」，我找來一顆巴掌大的石頭，在放到石頭堆之前，把它貼在胸口，心頭默念：「梭羅先生，您四十五個歲月的人生如此的豐富精彩，是心理學家馬斯洛所稱自我實現（Self-actualization）的典範，亦是道地的簡樸生活實踐者，我向您敬禮。」

從華爾騰湖歸來我就把《湖濱散記》擺在床頭，將小木屋的印象像書籤般夾在書裡，讓一打開書的每個晨讀都是簡樸的邀請。

——二〇二二年五月十三日刊於《中華日報》副刊

跟安徒生過兒童節

一九四九年國際民主婦女聯合會把六月一日訂為「國際兒童節」，一九五四年聯合國教科文組織把十一月二十日訂為「世界兒童節」；而我每年的四月二日這天，總喜歡抽個空讀讀安徒生的童話和傳記，過一個自訂的「地球兒童節」。

「兒童是國家未來的主人翁」記憶中，臺灣四月四日兒童節，學校會發禮物，幾塊餅乾或幾顆糖果的，小朋友都興奮不已，畢竟在那年代有錢買零食的人沒幾個。我最難忘的是，有一年送一顆奶油麵包，我們又叫又跳的，中斷了升旗臺上校長的講話。而我捨不得吃，帶回家給弟弟，麵包被擠成一團黏糊，樣子變得有趣極了。

及長，沒人發禮物了，沒人再說你是兒童，失去期待兒童節來臨的興奮，當主人翁之感也消失殆盡。上初中後有一天偶然得知陪我度過孤獨童年的安徒生，他的生日是四月二日。心血來潮，自個兒把這一天當為「地球兒童節」。安徒生的童話故事二百年來，撫慰與感動了地球上多少兒童，得之實至名歸呀！

總之此後每逢這一天，我會重溫他的童話，如《賣火柴的小女孩》、《醜小鴨》、《野天鵝》、《美人魚》。每次這麼一讀，感覺被俗塵薰染的心靈，都會被童話裡的善良與純真所洗滌，童心也因此甦醒起來，觀看世界處處都充滿童趣，讓我得以塗塗寫寫的抒發。

有一天路過鄉間稻田，看到割稻機在割稻，我童心大發回家後寫了〈割稻記事〉這首詩：

割稻記事

清晨
割稻機沙沙地
吐出一片片
　渴飲藍天的土地
黃昏
鐵牛車轟轟地
吞進一紮紮
　拾獲黃金的稻穗
那夜家鄉
孩子們

就也一絲絲吐出汽水的嗶笑

老爹們

就也一團團呑進菸圈的芳香

這首詩投稿中央副刊幸運的被刊登，領了稿費自得其樂一番，原本以為已經了結了，想不到刊出四年後，大學同學辜海澄寫信給我，附了一張《臺灣日報》副刊剪報，上面有名作家張騰蛟的大作〈閱讀雜記〉一文。

原來這首小詩被張騰蛟先生引出並析賞：「文字雖略嫌粗糙，但作者卻以寥寥的了了七十四個字，經濟而技巧的寫活了割稻的景況與氣氛。作者用盡心力，把一個普通的題材做了不普通的表達……」

能得到名作家前輩的雅賞覺得很光彩，文裡所提「普通題材」做了「不普通」的表達，我覺得那是我的「童心」之眼的功勞，辜同學在信中打趣說：「只有你這種人才會把割稻跟汽水連結在一起，你的內心住著一個淘氣的小孩。」

從小讀安徒生童話，安徒生早就把童心種在我的心田。長大，閱讀安徒生傳記，發現他的遭遇曲折宛若童話般：十一歲時爸爸去世，得靠母親幫傭養家，幼年時營養不良身體瘦弱，常遭鄰童取笑。然而，這艱困的處境並沒有讓他失去夢想，十三四歲隻身到哥本哈根去追逐實踐。其間他應驗自己的「黃金預言」最讓我受用，喜歡以此來自我激勵：

安徒生幼年時偶然聽到有一位老婦人對他的媽媽說：「這小孩將來會很了不起，以後會像天鵝般飛高高的，成為眾所皆知的人物，而我們的家鄉也會因他而舉世聞名。」從此，他把這預言當黃金般珍藏，當遭到挫折時用來自我勉勵，並用信心去實踐他會當天鵝的預言。

今年的兒童節已過，如果有人拾回自己的童心，明年不妨跟我一樣，來跟安徒生過個「地球兒童節」。

——二〇一八年五月二十五日刊於《中華日報》副刊

夕陽瘦馬　唐吉軻德在天涯

傍晚我在托雷多（Toledo）城外的咖啡館閒坐，隔著護城河與山丘上的古城對望。古城沐浴在斜陽下，黃褐城垣、宮殿城堡、教堂樓塔的陽光，逐漸被蒼茫的暮色所佔領，讓我隨之墜入中世紀時光的遐思裡。

返城時夜已深沉，舊城區的燈亮了。沿著石板路走回旅店，Plaza Zocodover 廣場旁的咖啡座還有遊客光顧，小巷的商店大都打烊了。行旅萬里外的陌生國度西班牙，來到現今仍保留十六世紀面貌的古城，我的跫音流浪在曾有騎士疾馳過的巷弄間，應該會招來有一些奇遇的。

果然蜿蜒巷子裡有一櫥窗獨亮，吸引我趨前探查，櫥窗裡竟然有一瘦一胖的騎士遠征圖：戴頭盔的唐吉訶德肩掛著盾，手持長矛騎著一匹瘦弱的老馬；他矮胖的侍從桑丘，騎著驢兒跟在後頭。斜後方的夕陽把他們投影在一大片空曠的透明絹布上。

看著這幅唐吉軻德主僕走在夕陽下的畫面，不禁憶起元朝戲曲家馬致遠的〈天淨沙．秋思〉：「枯藤老樹昏鴉，小橋流水人家，古道西風瘦馬。夕陽西下，斷腸人在天涯。」這首小令寄情藏意於景：深秋野外藤枯、樹老、馬瘦、道古，夕陽又斜照，人因之愁腸寸斷，映現旅人浪跡天涯的孤寂蒼涼。唐吉軻德騎老馬浪跡天涯，想必心境也會是如此孤寂蒼涼吧！而他之所以要流浪，是為了想當騎士，沿途濟弱扶傾，更讓我覺得不捨與疼惜。

唐吉軻德是西班牙作家塞萬提斯筆下同名小說裡的主角，當我從巴塞隆納搭 AVE 高速火車到馬德里後，感覺他就時時跟著我：在馬德里的西班牙廣場，設有塞萬提斯的紀念碑、他和桑丘的雕像；在近郊的白色風車村，有十一座大風車，那是他與巨人戰鬥的場景；離馬德里七十公里遠的托雷多，在公園、馬路、商店處處可見他的身影，在我夜泊的 Alfonso VI 旅店，他就全副武裝站在門口迎賓。

並非我對唐吉軻德情有獨鍾。年少時我喜歡讀傳記，欽佩偉人用努力、毅力成就一番事業；稍長，我喜歡看武俠小說，小說家溫瑞安《四大名捕》裡的無情、鐵手、追命、冷血等衙門捕快、武俠小說大師金庸筆下的令狐沖、石破天、楊過等江湖俠客都讓我仰慕。而這位瘦削的、面帶愁容的唐吉軻德，雖然其貌不揚，沒有一丁點武功，最後也挫敗而歸，卻也博得我對他的好感。

儘管塞萬提斯在《唐吉訶德》的序言中申明「這部書只不過是對於騎士文學的一種諷刺」，寫作目的在於「把騎士文學地盤完全摧毀」。小說裡的背景是一個早就沒有騎士的年代，唐吉訶德看騎士文學後，幻想自己是個騎士，因而作出種種令人匪夷所思的行徑，最後從夢幻中甦醒過來。然而，唐吉軻德浪跡天涯的初衷是為了「鋤強扶弱」，他的俠義之心被喚醒了。而他把風車當巨人力戰，雖荒謬、不自量力，但他不畏強權、孤身奮戰的影像，都深深的打動我的心。

這讓我想起大學室友阿泥的故事：他們班在園遊會時，擺攤要賣綠豆湯，擔心虧本，又想多賺點錢來當班費。討論後大家都同意：少買綠豆，降低成本，現場視狀況，若客人多，就趕快添加冰、糖水應付。只有他跳出來反對，覺得賺錢重要但要有良心。但沒有人理會他，園遊會當天，他就貼出海報叫人當心，別買。引起公憤，被罵「不合群」、「怪咖」，全班視他為唐吉軻德類的可笑人物。在現實社會中，阿泥像孤鳥，以後去仗義獨行天涯，想必也會有孤寂蒼涼之感吧！

十三世紀馬致遠寫〈天淨沙．秋思〉，四百年後十七世紀的塞萬提斯寫《唐吉訶德》，又隔四百年讓二十一世紀的我，在托雷多遇見「夕陽瘦馬、唐吉軻德在天涯」的畫面，心靈深處總會湧起諸多感慨的！

——二〇一八年十二月二十一日刊於《中華日報》副刊

流連太加斯河畔

太加斯河（葡萄牙語：Tejo）發源於西班牙的阿爾瓦拉辛，流經有唐吉軻德足跡的山城托雷多，向西跋涉一千多公里後，來到葡萄牙的首都里斯本，再鑽出城市的貝倫區，就完成她投入大西洋懷抱的旅程。

里斯本市區有許多地方值得參觀，不過，太加斯河流入海洋的最後這一里路，是我最期待觀賞的景區。在這兒除了有兩公里長的「四二五大橋」、張開雙臂百公尺高的「耶穌巨像」可欣賞之外，河岸上的「貝倫塔」、「發現者紀念碑」這兩座大型建物，展示葡萄牙十五、十六世紀海洋探險、開拓新航線的光榮史蹟。而，這訴求航海探險的主題，正是我熱愛的。

這一天早餐後，捨棄原本要搭古董電車遊城區的行程，我們直奔太加斯河，用多一點時間來尋覓古昔船隊的遺跡。

貝倫塔位於出海口處原是一座燈塔，據說當年船員踏上征途之前都會登上塔，望望前方無邊無際的大西洋，再望望後方美麗的家鄉一眼。而今，已整建為五層防禦工事，除了保衛貝倫區的港口，也用來紀念達伽馬航海世界一周，達伽馬當年就是從這兒出海，勇敢的航向遙遠的陌生海岸。

在發現者紀念碑北面的廣場上，鋪有直徑五十公尺的羅盤，其上貼南非政府贈送的鑲嵌大航海時代世界地圖，記載著葡萄牙航海家們的姓名、航行路線、到達與發現的地名和年代。

這段時間自由參觀，有的夥伴跑到馬路對面，哲羅姆派修道院旁的店家，購買曾經風行臺灣的葡式蛋塔吃，回來後發現我還站在這兒，覺得很奇怪。我說：「我在這張地圖上找到了東帝汶、澳門、帛琉，好想看到這兒標註我們的福爾摩沙！」

別訝異，那時代葡萄牙跟我們是有關連的。依考據在一五四〇年代，葡萄牙船隊從澳門航向日本，經臺灣海峽時發現山林蓊鬱的臺灣，不禁叫聲「Ilha Formosa（美麗之島）」。後來，同船的荷蘭人林士登把 Formosa 寫在遊記中，才讓福爾摩沙之名在歐洲傳開，被畫入世界地圖裡。

接著一五八二年有一艘葡萄牙商船，在臺灣淡水（或基隆）附近海面觸礁沉沒，船上三百多人漂流上岸後，與原住民周旋、找食物、搭茅屋、小教堂，並用沉船殘骸、就地的伐木，打造一艘新船，四個月後安返澳門。這則船難的故事，一五九七年以葡萄牙文出版，成為有關臺灣的第一份西方文獻。

看著大航海時代航海地圖，想起當今的地圖得來容易又廉價。然而在地理大發現的時代，每一座島嶼的輪廓，都要靠航海者在怒海中搏鬥得來。每一張羊皮地圖，都沾有探險家和水手們的血漬，之後才能一張張的拼湊出世界的樣貌，這怎不讓我心有所感。

我走到河畔，起風了，太加斯河面波光粼粼，這座聳立岸邊帆船造型的發現者紀念碑，彷彿也準備啟航了。五十多公尺高的船身，恩里克王子站在船艄，手拿帆船模型凝望遠處浩瀚的大海，後面的跟隨者有國王、航海家、天文學家、傳教士等一群人。他視野廣闊，深切知道葡萄牙國小，向東、向內陸發展困難，往大西洋走才能航向未來。

年少看麥哲倫傳記時，才知道有恩里克王子這個人，而後按圖索驥搜尋他的資料研讀。恩里克是十四世紀葡萄牙若昂一世國王的三子，不僅有遠見還具實踐力，建立全世界的第一所航海學校，有系統的研究與訓練航海的知識與技能，並建造天文臺、造船廠等，帶領國家日後成為海上強權。

這時天空雲湧而至，暗黑了大片臉龐，我瞻仰恩里克王子，不禁興起英明睿智的心儀，於是我在河畔流連，宛若這條太加斯河冀望能投入大西洋，航向全世界一般。我在河裡置放一艘想像的探險帆船，讓它從大航海時代的這個河口出發，盼望它途經臺灣海峽時，也會驚呼一聲「發現福爾摩沙了」。

——二〇一九年四月十二日刊於《中華日報》副刊

辭行史蒂芬・霍金

那天網路傳出您離世的消息，我正在東海岸觀賞太平洋。我不能假裝一點感覺都沒，因為喜歡星空的我，早被您的「黑洞理論」所吸引，對您欽敬有加；而我曾從事特教工作多年，您克服身障的毅力、非凡的科學成就，也被我視如凱倫・凱勒般的典範。

少年時代，父親在鎮外買一塊地，建農舍移居於此，這兒是野風和野鳥的地盤。因遠離人群少有朋友，我常以傳記和星斗為伴：仰望星空，或許願流星，或想像傳記裡的伽利略，抬頭看天空、看新星什麼的。由此，漸漸養成習慣，喜歡上了星空，用眼神穿梭蒼穹，自得其樂。

伽利略改進望遠鏡，觀察美麗的雲河，看清它是許多恆星組成的集團；又發現木星有衛星，否定了亞里士多德「天體恆定」的觀點。地球不再是宇宙的中心，人類少了唯我獨尊感，卻擁有更多的天空遐思。而您出生的那天，剛好是伽利略逝世三百年的忌日，是上天派來傳承的使者吧！

您十五歲學「宇宙正在膨脹」，攻讀博士時受潘洛斯的黑洞中心「時空奇點」的啟發，專攻廣義相對論和宇宙學，論文《奇點與時空幾何》榮獲亞當斯獎，學術成就被譽為可跟牛頓相提並論。您潛心研究黑洞，擔任大學教授後，時常在媒體上談黑洞，吸引許多民眾的興趣，我就在那時加入粉絲的。

我不是學自然科學的，對您的黑洞理解也僅止於一般人，但黑洞是介於兩個宇宙之間「單向門」的假說，又擴大了我對天空的想像。想想天空不只一個宇宙，還有多重的、平行的宇宙，人類竟變得如此的渺小，凡塵俗事何需太多牽掛。

那個年代我在啟明學校教書，正值校園歌曲流行，夜晚仰望星空，想起您的宇宙黑洞，突起豪情寫了一首〈星際旅行〉，請高三同學張育豪（後來當啄木鳥樂團團長）譜曲發表。

「太空列車，在太陽系建造基地；星際旅行，在銀河裡穿來穿去；天梭一號，快急速朝向宇宙，我們一起飛去。壯麗景色，看地球璀璨微笑，奇妙幻象，看流星劃破天際；天梭一號，快尋著流星軌跡，我們一起追去。我們去，我們一同去，尋出那飛碟的故里。我們去，我們一同去，探求那蒼穹的奧秘。」

我們到各大專院校演唱，燃亮對宇宙生命的熱情，忘卻人間的紛紛擾擾，這都來自您的激發。您的科普著作行銷全世界，理論貢獻當今科學甚鉅，令我由衷感佩。尤其，當我看到您坐輪椅出席，美國國家航太空總署成立五十周年紀念活動，用艱困的方式發表演說，更是讚佩您超越障礙的成就，宛若凱倫．凱勒再世。

凱倫．凱勒周歲時被急性腦炎奪走聽視覺，從此陷入黑暗無聲的世界；而您的肌障狀況也糟透，漸凍人症（ALS）在大學時發病，讓動作越來越困難、說話越含糊不清，隨著年歲增長癱瘓程度越高，最後只能用單邊臉頰肌肉，透過電腦與人溝通。

平常人要說一句話輕而易舉，很難想像有障礙的人要說出、說清楚一個字，可能要費九牛二虎之力。一九八八年間我到師大，參加中華民國特殊教育學會成立二十周年，在「生命的挑戰」徵文的頒獎典禮上，以〈心向太陽〉榮獲特優的黃乃輝上臺致詞，用被腦性麻痺侵害的頰唇肌肉，努力的把一個字一個字的說出，語言含混、口水淌著，但仍堅毅不屈的這一幕，讓我動容敬佩。

宇宙大師——史蒂芬．霍金（Stephen Hawking）您離開了人間，我在臺灣的東海岸望著浩瀚的太平洋，透過遐思的天空傳到大西洋的那端，用不捨與讚佩向您辭行。

——二〇一八年四月二十七日刊於《中華日報》副刊

走，去看張雨生

肌肉可以使力，拿提些什麼東西的；那麼，心靈也能使力嗎？熾熱七月天，悶在低矮的眷舍參觀，連風都不想久留，而我在張雨生故事館，卻那麼的戀棧，是心靈在展現力量嗎？

剛剛在馬公警光會館看報紙，大學指考作文某閱卷教授，臉書發文表示有一論述題，有九成考生都以臺灣作為反面論述材料。這引起很大的風波，教授擔心「負面思考方式」成為臺灣主流，考生家長疑慮「評分不公」，而我沉思為何有九成都看壞臺灣？是否這些年輕孩子也看壞自己的未來？

我從觀音亭濱海公園走介壽路，走去篤行十村看張雨生。陳家麗作詞、翁孝良作曲，他在一九八八年唱紅的這首〈我的未來不是夢〉一直縈繞在我的腦海。如果一個人對自己的未來有了夢想，那麼就可以在烈日下揮汗工作、可以默默忍受世間的冷漠，而且不再徘徊十字街頭，這力量應該是來自一個人自己的心靈吧！

一個人如果擁有明晰的希望，不僅能增加挫折容忍力，也能激發實踐希望的潛力，這理論是美國密西根大學心理學教授 Markus 和 Nurius，三十年前從「自我概念」的架構裡，發現有一個未來導向的「可能自我（Possible Self）」，也就是希望自己未來成為什麼或害怕未來成為什麼，一個人對自己的未來我影像越能覺察、越明晰，產生的心靈力量會越強。

那年在臺南一中的高一課堂上，講桌擺有一張班級期中考成績單，我發現有一位同學的成績雖然普通，但日文這一科滿分，比同學高出很多，我好奇的問他如何辦到的，他還沒回答，同學就搶著說：「老師，他想要娶日本婆仔啦！」他靦腆的笑著，沒有出聲否認。我不知道為什麼他想娶日本女生，然而當一個人有這種想望時，自然而然會主動的勤學日語，哪需要父母或師長的嘮叨鞭策。

張雨生的嗓音高亢又沒雜質，〈我的未來不是夢〉的歌聲常在加油站響著，讓我不禁附和跟著唱，這首歌這般激勵年輕人努力奮鬥，當時那年段臺灣一二十年的歲月，算是「臺灣錢淹腳目」的時代吧！

故事館內陳列張雨生兒時在眷村的生活、離開澎湖後的想念，以及展現歌藝的各項殊榮。我駐足在張雨生牽腳踏車要出門的看板前，那是他九歲時他們搬到豐原，有一天他留一張紙條在桌上就出門了。我趨前看個仔細，紙條上寫著「爸媽，我出去打天下了，不出頭就不回家……」

呀，多麼有壯志的未來想望。這一天，我就是這樣想望，走去看張雨生的。

——二〇一七年八月十一日刊於《中華日報》副刊

檳城打銅街一二〇號

走訪檳榔嶼打銅街一二〇號，沉浸在這歷史場景良久，總想梳理自己的心靈。

檳榔嶼，馬來西亞的第一大島，位於馬來亞半島西北側，最早被記載在明代《鄭和航海圖》裡，其檳城現為大馬第二大城市，華裔人口佔一半以上，是清末孫中山先生及中國同盟會、革命黨在東南亞的根據地。

老一輩華人之所以稱「檳榔嶼」，是這座小島種有許多檳榔樹。後來，馬來文改稱「Pulau Pinang」，音譯為「庇能、屏南、庇喲」。一九一〇年在革命事業陷入低潮之際，孫中山先生轉赴檳榔嶼重整旗鼓，冀望奪取廣州當為革命首都，十一月十三日在此策畫第三次廣州起義，這次的會議因此被稱為「庇能會議」。

由於我弟弟在霹靂州太平（Taiping）設廠，離檳榔嶼車程僅一個多小時，每來探親常到此一遊。有一年，到中路的「孫中山紀念館」參觀時，獲悉「庇能會議」隔日，孫中山先生又在南洋同盟會總部（打銅街一二〇號）召開「緊急會議」，這個資料深深吸引我，隨即問路到這兒。

街名「打銅街」，打銅是多麼久遠的生活樣貌，就像古井的水桶汲起懷古之情；而這場會議冠有「緊急」之稱，更激起我去探究之緒。

「沒錯，當天就是在此商討：如何執行庇能會議的議決，廣州起義箭在弦上需要金援，希望能以檳城為起點，向全世界的華僑募集軍需。」華人導覽許先生說：「當時孫中山先生主持會議，發表動人的演說，言時聲淚俱下，同志都大為感動竭力捐款，當場就募得八千餘元。」

隔年四月二十七日（農曆三月二十九日）廣州起義，殉難的七十二位烈士（後考證共八十六人）葬於廣州黃花崗，史稱「黃花崗之役」。十月十日武昌起義，終於推翻滿清，建立中華民國，結束長達兩千年的帝制政體。這場的緊急會議，可謂是革命成功的重要之鍊。

半瞇著眼睛我凝聽導覽解說，不知不覺的穿梭時空回到這一百多年前的時空，彷彿還看到孫中山先生站在會議桌前演說：「惟念際此列強環伺，滿廷昏庸之秋，苟不及早圖之，將恐國亡無日，時機之急迫，大有朝不保夕之慨」。

如此的悲憤沉痛、慷慨激昂，字字句句都撼人心弦。革命要冒著生命危險，在檳榔嶼至少有八處是孫中山先生和支持者的活動場所，大都選擇隱密、進出不會引起注意，並且易於脫身之處。其中，打銅街巷道狹窄曲折，周邊各種族混雜而居，沿路有好幾條小巷秘密通道，可通往廟宇或回教堂院子。若遭搜捕，就容易避走脫困。

打銅街一二〇號是其排屋之一，為土生華人（Baba Nyonya，峇峇娘惹族）謝裕生所有，後被貿易商林文耀購得，一九〇九年檳城書報社和同盟會檳榔嶼分會遷入，一九二六年由莊忠水擁有，以家族商號「莊榮裕」在此營業。老屋年華老去，準備出售。莊忠水的外孫女邱思妮（大馬古蹟文史工作者）因其母曾住在此生活，這建築又富有歷史價值，遂說服母親於一九九三年買下，著手進行整修，悉心恢復原貌，並蒐集相關資料圖片，成立「孫中山檳城基地紀念館」，開放供人參觀。

「每個世代各有不同的苦難，在國家內憂外患面臨存亡之時，孫中山先生奔走世界各地，激發與凝聚了海外華人愛鄉愛國之情。」許先生解說館中的歷史資料，不時流露對孫中山先生的敬佩之情。得知我來自臺灣，便和我親切交談。

在我的心目中，國父孫中山先生是集「有理想理念、能勇於倡導與積極實踐」於一身的革命家和建設家，不僅感佩他推翻滿清、建立民國的貢獻，其「天下為公」的政治理念、「人類以互助為原則」的經濟思想，亦梳理了我混亂的心智，讓我得以用這樣的框架，在複雜的現實世界去安置身心。

沉浸在這歷史場景良久，再次梳理了心靈。人生旅途中，有幾個停泊過的地方，都讓自己有所滋長與慰藉。如同記憶母校屏師校址「林森路一號」般，這檳榔嶼的「打銅街一二〇號」，也烙印在我的心版。

——二〇一九年十二月十四日刊於《中華日報》副刊

澎湖有個外婆灣

老是把潘安邦的成名曲〈外婆的澎湖灣〉，不知不覺中說成「澎湖有個外婆灣」，這口誤是被潛意識影響的吧，為此常常被人糾正，讓我心生好奇潛意識裡究竟埋有童年的什麼，驅動自己說成這個新語詞。

精神分析學創始人佛洛伊德（Sigmund Freud）認為人的意識組成就像一座冰山，浮出水面的那一小部分是意識，水面下很大部分的那塊是潛意識，會透過夢或一些不尋常的言行呈現。潛意識具有強大的動能，會在無形中影響人的行為。

〈外婆的澎湖灣〉是潘安邦演唱生涯的代表歌曲，不僅是他出道的第一張專輯名稱；成名後走唱海內外，亦是聽眾最想聆賞的歌；就是在二〇一三年因病去世的告別式上，潘安邦的孩子也是唱這首歌送別他的。

這首歌是一九七九年民歌手葉佳修專為他所作，節奏與曲風輕盈、爽朗，引人愉悅；根據他和外婆的故事所寫的歌詞，一幕幕的場景：晚風、白浪、沙灘，陽光、海浪、仙人掌，夕陽、椰林；一幅幅的嬤孫互動：拄杖、輕挽、腳印、笑語，隨著旋律將這股濃郁的親情，總能敲鑼打鼓般的溫暖了人們的心扉，勾起了許多人的共同回憶：有外婆疼愛的童年。

幸運的，我的童年有外婆的疼愛，自然會喜歡這首歌，也會想要深入了解潘安邦的童年生活。潘安邦出生在澎湖馬公市眷村篤行十村，父親從軍職，長年不在，放學後他常到中央街附近的外婆家，和弟弟輪班幫忙孵豆芽，清晨用推車運到市場販售。嬤孫感情原本就非常好，加之為求溫飽的同甘共苦，所凝結的情感質量，想必是香醇與濃稠。一九九一年外婆去世，那年潘安邦應邀參加公益募款，演唱這首歌時情緒潰堤，真情流露，感人肺腑！

我們的家離外婆家也很近，只隔著嘉南大圳，走過橋樑和小徑，大約二十多分鐘就到。假日我帶弟弟去，外婆摟摟我們、掏出口袋的糖果，她的眼淚總是搶先溜下來。小阿姨說外婆是鎮裡有名的美女，嫁給木訥寡言的外公，生下三女四男，家庭經濟與事務都由她張羅照料，我媽媽是長女，三十多歲就去世，怎不會讓她傷心難過。

我沒有潘安邦那麼幸運，可以長時間和外婆相處，我讀初中那年我們搬到鎮外，外婆不久也移居高雄，相見的時間更少了，但那時我已體會外婆的眼淚，不只是白髮人送黑髮人之痛，還含有對我們的不捨，不忍心我們年紀這麼小就失去母親，掛心沒有母愛呵護的孩子要如何長大？

我羨慕潘安邦和外婆有孵豆芽與賣豆芽菜的互動，這胼手胝足的歷程會是難忘的回憶。有一年春節大舅載一籃自種的仙桃，到中央市場外擺擔，我和弟弟陪在外婆身旁幫忙叫賣，這種外型像瘦長的仙桃，果肉密實如蛋黃，味如焦糖地瓜，屬於稀有品，可惜當時少人知曉而乏人問津。那天站了老半天才賣出兩三顆，收攤時我難掩失望，外婆還摟摟我安慰我。這件生活中的小事，卻深埋在記憶深處，外婆七十多歲離世，讓我不禁淚眼潸潸。

也許是埋在潛意識裡的嬤孫情感，被這首歌唱醒而滋長莖藤，爬上來與潘安邦感念外婆的心緒連結。二〇〇九年澎湖縣政府在潘安邦舊居後院，塑立外婆與潘安邦銅像，營造外婆的澎湖灣意象，潘安邦對「意象」兩字提出異議，他說這是真實的故事，外婆和他就在這兒看海、走去沙灘漫步留下足跡。對潘安邦而言，外婆的澎湖灣只有一處，就是在他舊居的後院。潘安邦到外婆家孵豆芽，疼孫的外婆也會時常到眷村來看他。

年幼的潘安邦和外婆兩人面向大海，坐在後院的矮牆上，外婆側頭慈愛的看著他，他則靦腆的低下頭把玩咾咕石，這一幅人物的塑像雖然靜默無聲，卻充滿嬤孫情感交融的張力。潘安邦曾撰文述說對外婆的思念：在季風中迴旋不去的，是外婆那永遠慈祥的眼神……

八年前我第一次來此，凝視這塑像許久，彷彿自己也回到童年，外婆這般不捨的看著我。也許就是這個真實故事的場景，有外婆在的海灣，此後我就把澎湖灣定義成外婆灣，並把它駐紮在我的心底。

——二〇二〇年一月十一刊於《中華日報》副刊

漫步佛羅倫斯小徑

新近，發現離家不遠處有一條鐵路旁的人行步道，從康橋大道到東橋一路長約一公里。路僅一公尺多寬又少有行人光顧，顯得有些荒涼孤寂，但卻適合當防疫期間避開群聚感染的健走路線，何況我又是個喜歡藉散步沉思的人。

這一天從康橋大道端開始走，後方平交道噹噹響起，顯示即將有火車經過。突然我想為這條小路取名，鐵軌的遠處是奇美醫院，這兒是砲校的後圍牆，腦海把醫院和兵營交集，克里米亞戰爭提燈天使的身影於焉浮現。

五月有個感念偉大母親的節日，任誰都會想到這位在近代護理學與教育上有非凡貢獻、博得世人感念而將五月十二日她的生日這一天，訂為「國際護士節」的佛羅倫斯・南丁格爾（Florence Nightingale，一八二〇至一九一〇）。

「佛羅倫斯」是南丁格爾的名字，也是她的出生地，被視為歐洲文藝復興運動誕生地的佛羅倫斯。南丁格爾的父母從英國來義大利新婚旅行，這期間出生的兩個女兒都以出生地命名，被取名為帕爾忒諾帛（Parthenope，拿波里舊名）的姊姊亦是。南丁格爾從此展開了不平凡的一生，兩百年後克倫拜亞莊園白屋的牆上仍鑲有「南丁格爾在此出生」字樣的牌子。這座城市也因為有她，增添了榮耀的印記。

我對南丁格爾的印象始於小學國語課文：她帶領護士到野戰醫院，降低傷兵手術後的感染、改善醫療衛生和飲食，常常在夜間提著油燈巡視六公里長的病房，讓傷兵們感動得親吻她映在帳篷、枕頭的影子，但僅止於「善良慈愛有如母親不辭辛勞付出」的認知，直到輔導研究所畢業，在美和科大學生輔導中心實習，遇到黃主任後才修正這種刻板印象。

黃主任是護理系教授，因為要求很高被一些學生謔稱為「閻羅」，但她毫不在意。在她的眼裡達到品質標準的，一百分，沒能達到的，零分。以消毒為例來說，稍有瑕疵就有感染的風險，是不被容許的，因此不能給分。

她的教學態度讓我激賞，她談起楷模南丁格爾，說她發明了病床呼叫鈴、數學圓餅圖，是英國統計學會第一位女性會員，還有個「印度總督的監督」的名銜，英國每一任印度總督出發前，一定會向她請教有關印度的事，很多印度官員也會前來倫敦訪問她。

這些都是我以前不曾聽過的，我去讀她的傳記後，才知道一百五十多年前她就善用統計分析，發現在印度的英軍死亡率是英國本土的四倍，隨即調查印度各地的環境、兵舍、士兵和印度人的生活，得知士兵們的健康隱藏著危機，例如兵營排水不良、飲用水被汙染、睡房過於擁擠、通風不良、飲食簡陋、沒有休閒或讀書的設備等等。

以前認為南丁格爾只是慈愛的白衣護士，想不到她深具科學素養、集實務和理論於一身，除了善良還正直勇敢，又極富創造與實踐力。這個新的認知讓我省思自己往昔的以管窺天：司馬光的機智只是打破水缸這一項、富蘭克林只是放風箏引電的人，愛迪生只是努力試驗燈絲的奮鬥者。事實上這些名人對人類的貢獻宛若一座寶山，若能循脈絡繼續挖掘，不難找到諸多值得仿效、借鏡之處，以及富含啟示和激勵的故事。

有一輛四節車廂的區間車疾駛而過，大概是防疫的關係，車廂裡的旅客寥寥無幾。這幾個月肺炎病毒擴散全世界，臺灣能守住疫情的擴散，這群在第一線辛勞的醫護人員厥功甚偉，而成效之所以彰顯，除了用心度夠，專業水準也高。

畢竟專業與敬業是需要透過有系統的學習長期養成的，如同十五世紀的恩里克王子在里斯本創設全世界第一所航海學校，讓葡萄牙得以在大航海時代稱雄；一八六〇年南丁格爾四十歲時，在倫敦的聖托馬醫院創立全世界第一個非修道院形式的護士學校，這種培養護理人才的模式從此傳遍全世界，維護與拯救多少人們的健康與生命。臺灣現在的護理教育體系完備，從高職、專科提高到大學以上，從業人員需取得護理師的專業證照，二〇一〇年把「國際護士節」更名為「國際護師節」。

卡謬的《瘟疫》小說裡，那位巴黎來的記者千方百計的想逃出俄蘭城，臨別時卻決定留下來共同對抗鼠疫，認為「雖然追求自己的幸福並不可恥，但只有自己幸福是可恥的」。南丁格爾出生在富貴家庭，從小過著富足快樂的日子，在少女時代就認為「生命不只是為了這些快樂的事，應該做更有價值的，過有意義的生活」；二十九歲時她婉拒已經等她七年的詩人理查・米倫斯的求婚，為的就是要去實踐她的理想。

從馬斯洛的需求層次理論來看，南丁格爾是有成就的自我實現者，她充分發揮才華與潛能，實現了自己過有價值有意義生活的理想與抱負。而自我實現的標的是利他的，從小她就關心貧病的人，十歲時收留腳傷即將被棄養的牧羊犬克魯，並細心照顧治療好牠，這些行為的動力是來自心靈的信仰和民胞物與的胸懷。

太陽從雲端露臉，陽光踩在亮晶晶的鐵軌上，一輛橘色的自強號列車神采奕奕的咻咻而過，不知不覺中我已走到東橋一路端，路旁有一隻灰褐羽毛的麻鷺靜默的站著，像沉思的古希臘哲學家，不禁讓我想起南丁格爾三十歲生日那天，在希臘雅典的巴特農神殿前，拾起一隻摔巢的小貓頭鷹，將牠帶回英國飼養，把這隻貓頭鷹取名為「雅典」。

走這條小路這麼的有感覺，每一步都觸動我對南丁格爾的感佩，就將它取名為「佛羅倫斯小徑」吧！

——二〇二〇年五月十二日刊於《中華日報》副刊

龍達的海明威印記

龍達之於海明威，猶如沃壤之於花朵，或是……

我啜飲一口咖啡，揣想著。

西班牙馬拉加省西北部的小城龍達（Ronda），由於建築在懸崖上，又擁有最古老的鬥牛場、北非摩爾人的文化遺跡，加上諾貝爾文學獎得主海明威的作品行銷，而成為世界觀光熱點。

這一天晌午，在瞭望臺遠眺峽谷風光後，穿過皇家鬥牛場前的主幹道，來到街巷星羅棋布的新城區，亮麗的陽光鮮跳在遊客人群裡，兩旁的商店隨之熱情起來。推開一家咖啡館的玻璃門，點杯冰咖啡，猛然抬頭發現右前方獨坐著一位貌似海明威的長者，心頭頓時湧出一種不期而遇的喜悅。

他頭上戴頂巴拿馬草帽，頸間繞著一條黑白色圍巾，艾青色襯衫外面披掛一件泛黃的外套。雖然寬幅墨鏡遮住半張臉，但那灰鬍子緊緊吸住我的視線。年輕時腦海裡就深烙兩位名人的影像識別標幟：其一愛因斯坦灰白亂髮的睿智頑皮，另一就是海明威落腮白鬍的堅毅氣概。

我對海明威的印象始於《老人與海》：老漁夫與大魚搏鬥兩天兩夜，最後筋疲力盡的拖回魚骨頭，闡釋人可以被毀滅不可被擊敗的箴言。想想，「一個人生來不是要給打敗的」對成長中的人是多麼熱血的勵志。海明威五十三歲出版這本小說，筆下的老人輻射堅毅不拔，自然就會把這種氣質投影在他身上，而當年他已蓄有灰白的落腮鬍。

要來之前，學妹M笑我說：「海明威離開人間超過半個世紀了，在這個年代有誰還會注意他，又千里迢迢去尋找他的文學場景？」而她是因為海明威在書裡提到「如果你想要去西班牙度蜜月或跟人私奔的話，龍達是最合適的地方，整個城市眼睛所及都是浪漫的風景……」幾年前曾來此一窺究竟。

龍達的風景有這麼浪漫嗎？學妹的話提醒了我，從太陽海岸的米哈斯（Mijas）抵達這兒，還有一個下午和夜晚的觀光時間，就把它列為感受的焦點。

從地理來看龍達佇立在峽谷的峭壁上，從谷底仰視屋宇白牆宛如戀棧山巔的雲朵；從懸崖上遠眺石灰岩山脈橫亙，山坡層疊樹林蓊鬱，恢弘壯美靜謐氣息，儼然人間秘境。

從城市景觀來看，屋宇窗臺牆角的花草點綴四季的色調，古城裡的教堂、摩爾王之家註記中古世紀的故事；夜幕低垂之時頂著星光踩在石板路上，連跫音也會化為天籟之聲。

據聞海明威與第一任妻子哈德莉，初次來西班牙旅遊就愛上龍達，能與愛妻漫步在異國「藍天白雲、花香滿地，卻空谷幽鳴、人跡罕至」之處，其興奮甜蜜之感有如情侶度蜜月，不難理解為何他會說龍達到處充滿浪漫。

然而除了獨特秀麗的風景外，海明威之所以會鍾愛龍達，應該還有兩個激發他文思的場景，那就是「鬥牛場」和「新橋」。

二十四歲時海明威在西班牙潘普洛納首次觀看「奔牛節」，即認為鬥牛是融合生與死、力與美的藝術，為男人提供展現智勇與意志的機會，藉以追求比生命更為重要的榮譽，從此熱衷觀賞鬥牛表演，後來更以鬥牛當題材創作《太陽照常升起》、《死在午後》、《危險夏日》等書。

龍達是西班牙現代鬥牛的搖籃，孕育了兩大傑出的鬥牛士家族，海明威和知名鬥牛士Antonio Ordonez結為莫逆之交。坐落在懸崖邊的皇家鬥牛場建造於一七八五年，是西班牙歷史最悠久的鬥牛場，這座白色外牆圓形的新古典建築，可以容納五千名觀眾。早上，我站在黃土鬥場中央環顧四周，彷彿還聽到觀眾的驚呼聲，貴賓席的海明威起身吶喊著。

學妹說她不喜歡鬥牛場砂土的血腥染紅，但是瑪丹娜一九九四年當紅歌曲〈Take A Bow〉MV鬥牛場景，聽聞就是在這兒拍攝的，所以站在場中聽這首歌來捕捉畫面意境。她也不喜歡海明威男子氣概的鬥牛論，覺得這性格導致他和第三任妻子瑪莎．蓋爾霍恩離異，兩人在西班牙內戰期間相知相惜，卻在互不相容下分手，所幸瑪莎仍有自己的一片天，被譽為美國二十世紀最偉大的戰地記者。

新橋（Puente Nuevo）橫跨百公尺深的埃爾塔霍谷溝，架設在陡峭的石灰岩上。初建於一七三五年，工程浩大艱鉅，不僅耗時近五十年，曾奪走五十條人命，竣工後建築師馬丁在橋梁側刻上日期時，卻不幸失足跌落峽谷死亡，讓人不勝唏噓。

站在橋上觀看這條百公尺長、兩線道寬的橋不會覺得有何了不起，但從谷底往上看，或從懸崖邊往橋梁看，除了會讚嘆建築的壯觀宏偉，也會感受到它的險要，這座橋宛如龍達的咽喉，是兵家必爭之地。

翻開歷史，伊莎貝拉女王年代，摩爾人戍守舊城區與天主教軍隊隔橋對峙，直到一四八五年才被攻破；一九三七年西班牙內戰初期，龍達左右兩派長期對立，演變成武裝衝突，即使是親友也會反目成仇，戰敗者不論生死都會被人從橋上扔到峽谷去。

如同觀賞鬥牛創作出有關的小說，海明威以戰地記者身分在西班牙內戰前線奔波，他和卡謬、畢卡索都是反法西斯主義者，龍達的這座新橋給他寫作的題材，三年後就出版了《戰地鐘聲》，敘述美國青年羅勃特志願參加西班牙第二共和國政府軍，奉命去敵後與當地游擊隊會合，完成炸毀橋梁的任務，在撤退時遭槍傷，獨自留下斷後而犧牲生命。

學妹對羅勃特受傷後瑪麗亞要留下陪他，他用「只要我倆有一個人活著，就等於我們都活著」、「現在妳代表我們兩個人離去，妳不能自私，得盡妳的義務，站起來離去」勸離特別有感，因為她對這種生離死別時的愛情觀起了共鳴。

而我這天早上走在新橋上，峽谷一陣陣陰鬱嗚咽的風迎面襲來，不禁想起小說裡游擊隊長帕布羅叫神父聽法西斯份子懺悔，為他們舉行必要的聖禮後，被推出來讓民眾用打穀的連枷敲死，並將屍體拋下懸崖的情節，這曾經發生的悲慘事件，被海明威描寫得歷歷如繪。

很巧的，咖啡館在播放瑪丹娜的〈Take A Bow〉「深深一鞠躬，夜晚已至／臉上的妝已退去／舞臺燈光漸暗，幕簾已降下／人都走了／人們都散去無一留下……」，我哼起歌瞄了長者一眼，他撇過頭正凝望遠方，窗外的光格外蒼白了落腮鬍的寂寞。

不，觀眾還沒散去，我還在這兒尋找海明威的印記。

海明威從龍達得到靈感與題材，他的作品有如綻放的花朵，讓龍達普受世人矚目。而今龍達亦以海明威為榮，除了設有紀念他的道路外，在鬥牛場邊也豎立了銅像。

龍達之於海明威會是什麼？我啜飲了一口咖啡，想著。

——二〇二〇年九月二十日刊於《中華日報》副刊

小鎮豪豬秀與叔本華

走在旗山街頭不免想起叔本華，叔本華是十九世紀的德國哲學家，時空隔好遠，會連在一起全因曾在這兒看過一場「豪豬秀」之故。

這場秀短短的，也稱不上精彩，但有些事觸及生命議題的，總是特別鮮明，看過就令人難忘，如同盲聾教育家海倫．凱勒，一歲七個多月時被病魔奪走視覺聽覺，然而失明失聰前，她所聽過的風雨聲、看過的天空田野，不曾被無聲暗黑抹掉，一直駐留在她的心裡。

十多年前有個周末到旗山遊，路過公共體育場，發現有位戴羽冠、穿紅黑色背心五分褲的老漢，捧著一只塑膠籃子，走近一看，裡面裝有一隻兔子大小的豪豬，雖然罕見但不以為意，等遊老街回來，在這兒圍觀的人增多了。

老漢拿麥克風喊：「快來看，豪豬秀。」而後念念有詞，豪豬胖了起來，如尖針的白色長刺怒張著，一副威武不可侵犯的樣子，有人不禁驚呼出聲。

「這一支一支的箭，全都有倒鉤，比三國時代孔明草船借箭的箭更厲害，有誰想試試看？」他戴著深色墨鏡，看不出眼睛不知在看誰，但他的頭轉向哪邊，那邊的群眾都會急忙搖搖手。

「別怕，看，我來跟牠親親。」說完，又念念有詞，豪豬身上的荊刺放倒了，就抱起牠親吻下巴。觀眾紛紛抛出掌聲，他的唇角迅速的翹高起來。

「大家可以和豪豬照相。」雖然熱情邀請，可惜大部分的人都離場，只有幾位年輕女孩去拍照、打賞，有個大人拉孩子上前，但小孩硬是不肯，指著擺在老漢身旁的看板說：「我要跟狗狗照相。」

哪兒有小狗？定睛一看，原來這塊大看板不僅寫有「漂流渡人生」、「流浪顧三餐」、「電視臺旺旺回娘家」等標題字，中間還貼有十二張褪色了的照片，除了他風光的舞臺照外，大都是小狗滾輪、拉車、排排坐之類的表演照。

「沒有狗，不好意思。」老漢搖搖手。小孩一臉失望地離開了，人群也散了。他坐在豪豬旁抽著菸，沉默地等待下一批人群的聚集。

我走過去拍照，搭訕：「以前的這些小狗呢？」

「都不在了，有的大齡去世了，有的送給友人了。」他的聲調低沉一會，黝黑的臉龐泛起一絲笑意，繼續說：「還好，現在有『浪浪』，陪我渡人生、走天下。」

告辭老漢走一段路後，我忍不住回望，瞧見他對著「浪浪」不停的說些什麼，斜陽把他倆的影子黏在一起，我的腦裡海不禁浮現「豪豬困境」這則故事：

有一群豪豬為了避冬，聚在一起取暖，但都被對方刺痛，迫使牠們分開，不過當需要取暖時，會再度靠在一起、因刺痛而分開。牠們就這樣被冷之苦或痛之苦反覆折騰，直至找到一段彼此最適宜的距離為止。

這則寓言的作者就是叔本華，他以豪豬的「相聚與相距」，比喻人們在建立人際關係時的衡量與調適，這個寓意至今仍被學術界廣為引用。

年輕時讀「新潮文庫」叢書叔本華的《意志與表象世界》最難懂，念研究所時得知佛洛依德的潛意識，是受到他「生存慾念是一種無聲無意識的動力」論點所啟示，才覺得他可親多了，而老漢的豪豬秀，讓我重拾他的著作，並深一層理解他的真實人生。

顯然我在這兒看到的不只是一場秀，而是一個人的滄桑生命史，老漢和叔本華在生活上有兩個類似的因子：

其一：孤獨，叔本華名言「要麼孤獨，要麼庸俗」，孤獨具有精神的高能量，才能使老漢耐得住流浪顧三餐的生存方式吧。

其二：與動物相依為命，是受早年父親自殺、與母親決裂境遇的影響嗎？叔本華任誰他都不喜歡，但他對動物卻很有愛心，曾說「看到動物之所以讓我們這麼快樂，那是因為我們在牠們身上，看見單純化了的自己」，他一生未娶，很喜歡陪伴他的那隻名為「靈魂」的白色捲毛狗，聽說他還立遺囑要留一筆錢給牠。

這個周末，我來遊旗山，巴望能再看到老漢和浪浪，但這麼多年來都不曾相遇，只曾在報紙上看到「美濃花海／豪豬供遊客拍照／尖刺恐傷人／主管單位將調查開罰」新聞，那已是八九年前的事了。

走在旗山街頭，怎不令我思念起老漢，他和「浪浪」流浪到哪兒了？怎不令我聯想起叔本華，想起他的孤獨，以及那隻和他相依為命的愛犬「靈魂」。

——二〇二三年一月十一日刊於《中華日報》副刊

與笛卡兒麻鷺對望

前方小徑，有人和「笛卡兒」對望著。

笛卡兒，是我為黑冠麻鷺所取的暱稱。

早上，我和英子去散步，拐過東橋二街突然撞見這一幕，不忍驚動，連忙煞腳靜觀。是因緣際會的相遇吧，彼此好奇般的對看半晌之久，讓周遭的景物似乎也因此凝結了，在這片靜寂中棲息在心裡的麻鷺卻鼓翼而飛起來。

第一次與麻鷺照面，是十多年前在臺東山海鐵馬道，坐在開封街口木棧道座椅，欣賞「台東劇團」那道三層樓高紅牆的裝置藝術。

一隻體態像鶴鶉、個頭大兩三倍、黑冠棕羽的鳥，從欖仁樹下走過來。牠宛如默劇演員表演獨腳戲，有時像太空漫步般的踱著，有時把自己佇立成街頭的雕像。

這麼大型的鳥兒近在咫尺，這麼隆重的出場相見，我卻從不曾注意過、也叫不出名，正在懊惱之際，有位年輕女孩從欖仁樹後的住家走出來打掃落葉。

「這叫什麼鳥？」我趨前請教。

「黑冠麻鷺。」她停止動作，瞄一下揹背包旅行的我。奇怪，這隻鳥沒有被她嚇走，反而上前去找樹葉底下的東西，我連忙又問：「妳家養的嗎？」

她搖搖綁有馬尾的頭，指著樹上的鳥巢，說：「牠住在那兒很久了。動作笨拙大笨鳥，但溫順很有感情，上星期暴風雨來襲，有一隻雛鳥掉落受傷，牠在旁邊守護了好幾天。」

「是喔。」我有點不捨。

自從意識到麻鷺的存在，果然發現茂密的樹林裡，常藏有牠們的蹤影，而這「動作笨拙、溫順有情」影像，老讓我憶起成功嶺大專暑訓通鋪，睡在我旁邊的L君。雖不同校，我們卻很投緣。

L熱情善良，矮矮壯壯的，戴一副厚厚鏡片的眼鏡，也許是近視太深，使得他動作緩慢笨拙，這在處處講求迅速正確的軍營裡是很不利的。

部隊出操集合時要戴鋼盔、紮綁腿、繫S腰帶、帶水壺、小板凳，他手忙腳亂，時常趕不上，引來長官大聲催促。有一次全連等他一個，他匆匆趕到，我提醒他忘記戴鋼盔了，他又慌慌張張的跑回寢室拿，惹得大家笑成一團。這笑聲刺痛了我，更不捨的，兩個星期後他退訓了。看到旁邊的空床，每每使我傷感。

幾年前有一個冬天，喜歡拍攝生態的好友H君來訪，在社區公園的涼亭裡談天，有一隻黑冠麻鷺默不作聲的站在對面的椅背上。

我脫口說：「大笨鳥」。

「這種鳥喜歡獨自覓食，捕蚯蚓昆蟲維生，動作遲緩是靜待伏擊的策略，聽說雙腳能感應地表下的震動，發現獵物就迅速啄夾。通常在兩三樓高的樹杈處築巢，會回收舊巢，還會隨幼雛的長大，加厚加寬鳥巢因應。」H說。

「哦，這顛覆了我的初始印象，原來牠們有許多的優勢。」

「若說黑冠麻鷺是大笨鳥，那也是刻板印象，就像含羞草，人們把焦點放在葉子會含羞閉合上，常忘掉它還有美麗的粉紅色花球，以及野地求生的頑強生命力。」

很多人都戴著有色眼鏡來看世界的。的確，聽他這麼一說，感覺我自己換了另一副有色的眼鏡。

一陣冷冽的勁風襲來，奮力的扯直黑冠麻鷺的羽毛。H邊拍照邊講：「你瞧，牠縮著脖子靜默站著的模樣，像不像柳宗元〈江雪〉裡，那位獨釣寒江雪的簑笠翁？」

「孤高，不媚俗。」我盯著牠，點點頭。「老僧入定般，也像沉思的哲學家，不知道牠的腦袋裡都在想些什麼？」

「真羨慕，能靜下心來思考。膩在喧囂的塵世，不僅要『我看故我在』，還要如十七世紀法國哲學家笛卡兒的名言『我思故我在』，活著才會踏實。」H 神情肅穆地說。

「嗯，我思故我在，我喜歡，以後就叫牠『笛卡兒』！」我愉快地宣告。

從此每當遇見笛卡兒麻鷺，我總會駐足靜靜地欣賞，若是能和牠對望，那更幸運，可以跟著牠一起沉思：我是誰？為何而生？要活出什麼意義？

——二〇二三年三月三十一日刊於《中華日報》副刊

這夢，老是催我記掛佛洛伊德

是臨老或境遷？不知怎的，近幾個月常做夢，眾味雜陳的夢紛至沓來擾眠，尤其是C君，自從半年前被安置到養老院後，他的身影就時常出現，老是來翻找我相簿裡的合照，要把我倆年少輕狂的歲月逐一攤開，搬上夢臺重演似的。

昨晚又再次夢到我們組隊參加機智問答節目，主持人問「二十世紀精神分析之父是……」，C反射動作般的搶先按鈴，但喉頭被卡住，任他百般使力，「佛洛伊德」這幾字總脫不出口。時限到，打叉的燈號亮響，天花板猛然瀉下瀑布，瞬間他就被洪流沖走，我伸出手沒勾到他，在大叫聲中驚醒了。

佛洛伊德說夢會滿足人的願望，有一些是簡單的生理欲求，更多的是深藏在潛意識裡的願望。好久了，一年多沒見到C了，我打電話問候他的夫人：「嫂子，大哥好些嗎？」

話筒那頭傳來：唉，不可逆，連我都不認得了。身體還算硬朗，動作越來越遲緩。一星期固定去拿他的被單回來換洗，帶他喜歡吃的食物加菜……。照顧逐漸失憶的C十多年了，她平靜的說著，但我聽得出「連我都不記得」聲調裡的悲涼與不捨。向來她把C當「家庭核心」，扮演相夫教子的角色，就像佛洛伊德的妻子瑪莎一樣，在生活上極盡照顧，替他整理衣物，甚至為他把牙膏擠在牙刷上，保持家居生活的安寧與秩序，讓他得以心無旁騖的專心做事，彷彿她平生的目的就是要為「親愛的家長」服務。

有關他們的感情也讓我動容，佛洛伊德二十六歲與瑪莎訂婚後，因工作兩地相隔，三年期間寫了九百多封情意綿綿的信給她；C婚後在小學教書，後又申請保送師大，求學期間幾乎也是天天寫信。病徵出現的前幾年，有一天我去造訪，聊著聊著C君夫人捧出一箱每個秀麗的字跡都藏深情密碼的信，接著說：「不過，好氣又好笑的，拿回來給我的第一次薪水袋是癟的，空空如也。」

那年代初任教職，八、九月的薪水併在十月發，三個月的現金袋可是厚厚的一疊，怎會花光光？原來，那天下班後，C就到夜市選購衣服，回家後攤滿在床上，要給她一個驚喜。我聽了大笑：「這是我今年聽到的最美的愛情故事！」

若說C都遺忘愛妻了，怎能巴望他還認得我？去年夏天他們喬遷新家，我去賀喜，他茫然地看我，眸子裡的亮彩連閃一下也沒。我失落的陪在旁邊，默默的看他吃蛋糕，他一刀刀的切塊，工工整整的，吃完餐具也擺得整整齊齊的，顯露一副滿足的表情，就像佛洛伊德閒暇之餘喜歡坐在躺椅，欣賞擺放在桌上的那些希臘小雕像，他們總能在很小的事物裡，找到某些美麗且讓自己快樂的地方。「整潔、美觀，到目前為止，他還沒忘記美感。」她說，我點點頭，美術音樂和文學都是C的喜好與擅長。

夢到C，老是牽連到佛洛伊德，也許是不曾忘記那個滿天繁星的夜晚，C為學校製作浮雕趕工，我值夜，拿杯冷飲去探班，兩人坐在花臺抽菸聊天，他搖著杯中的冰塊說：「佛洛伊德冰山理論，心靈的絕大部分是存在於知覺意識的表層下，正如水面下更為龐大的冰山。別『少看了』佛洛伊德，他可是歌德文學獎的得主、耐心與毅力是超凡入聖的：五年分析了一千多個病人的夢，分析是需要花腦力和精力的。」

我們讀不同校系，同一年進到這所特教學校，同事三年多後的這一談，啟發了我把佛洛伊德肖像立體化的興趣，也加深了對C這位高大英俊、具旗人血統、豪爽直率、學識淵博的了解與欽羨。爾後他就像哥兒般的照顧我，拉拔我。

夢到C，老是牽連到佛洛伊德，鐵定是我難以撫平他曾忘記佛洛伊德名字的創傷吧！「老弟，我愣在那兒，百來雙學員的眼睛齊射過來……」C在明星高中退休後，到補習班教授心理學，由於上課生動風趣，不看講義就能滔滔不絕，馬上成為名師，奔波於南部幾座大城。失憶症乎？從否定到接受，這段路掙扎了好幾年，辭補習班、在街頭迷向、熟人變陌生人，三年前有一天，他抓著我的手，說：「老弟，我腦子裡的海馬迴褪色了，但我不會忘記你，因為我要把你和佛洛伊德藏在心靈深處。」頓時，我的眼眶潮濕起來。

佛洛伊德是C最欽佩、最喜歡、最常跟別人提到的大師，怎可能遺忘他？在重要時刻說不出口，只是一時的，別因此挫傷自己呀！至今，我仍然不肯相信這件事。

「最近常夢到大哥，可以去探望他嗎？」我問。「疫情期間，院方不方便開放，改天看看，可你別失望哦，他可能認不出你……」C的夫人安慰我。無妨，因為我好渴望見到他，好想從他的眼裡看進去，到他的靈魂深處尋找佛洛伊德。

——二〇二二年八月十四日刊於《中華日報》副刊

好想帶本書去「安妮之家」

下禮拜西歐十七日行，從桃園搭機直飛荷蘭首都阿姆斯特丹。

近日陸陸續續打包行李，屢屢拿出奧地利精神醫學家維克托．佛蘭克爾（一九〇五至一九九七）的《從集中營說到存在主義》（*Man's Search for Meaning*）翻翻，好想把它塞入行囊。

有這個念頭全因在阿姆斯特丹除了預定參觀皇宮、中央火車站和水壩廣場外，還有一處我最想去悼念的「安妮之家」。

「安妮之家」是為了紀念二戰納粹大屠殺的受害者、《安妮日記》的作者安妮．法蘭克（一九二九至一九四五）設立的，就位於市中心的王子運河畔，安妮和父母親、姊姊躲避種族迫害的藏居處。

一九三三年希特勒迫害猶太人，安妮全家從德國逃到荷蘭阿姆斯特丹，之後德軍又佔領了荷蘭，一九四二年七月他們躲進隱蔽狹小的房間，靠著父親同事的資助，匿居兩年多後被蓋世太保發現，抓去納粹集中營。

二戰末期納粹戰況失利，安妮和姊姊被移到德國的貝爾森集中營，一九四五年四月十五日英軍解放這座集中營，姊姊瑪戈和安妮兩人卻因染病，在幾個星期前相繼病逝。多麼令人遺憾，多麼讓人心疼。

早在安排這趟旅程時，腦海就有這個聲音：帶這本書去悼念安妮吧，作者佛蘭克爾的妻子媞莉，有著和安妮相同的境遇，同樣被關在貝爾森集中營，同樣在納粹投降前不久去世。

年輕時買這本光啟社出版、譚振球譯的口袋書，翻翻看看得夠久了，如今，它不僅蠟黃了臉、翹了唇角，裡面有許多地方還被你畫線寫字，顯得凌亂又蒼老。近幾年我實施「斷捨離」，幾度清理書櫃，它卻都倖存下來。我哪捨得丟，這麼讓自己熱淚盈眶的書。

佛蘭克爾跟安妮不同國籍，但都因是猶太人遭迫害。二十五歲他獲得醫學博士學位，三十二歲開業行醫，三十三歲時德軍入侵奧地利，原本已拿到美國護照和簽證，但為照顧年邁雙親留下來，三十七歲和媞莉舉行婚禮，沒多久就被關進納粹集中營，在慘無人道的集中營度過了三年，戰爭結束後，他回到維也納才知道父母、兄弟和他的妻子，不是死於集中營就是喪命於煤氣間。

而安妮家只有爸爸倖存。安妮和姊姊在奧斯威辛集中營時，感染疥癬被送到醫療室治療，兩人病弱不堪，母親把節省下來的口糧，從醫療室的牆洞傳去給她們吃，後來自己因饑餓而去世。每每想到這段故事，心湖總是被感動得澎湃起來。

前些日子看《辛德勒的名單》影片，德國商人辛德勒拯救眾多波蘭猶太人免於被屠殺的故事，片頭播放〈一步之遙〉探戈舞曲，不免又讓我想起佛蘭克爾的思妻之情：

有一天佛蘭克爾從睡夢中醒來，有個看守在房間裡舉行慶典，一陣醉酒的咆哮聲後，突然間沉靜，有小提琴把這首舞曲奏進夜闌，絃絃聲聲思，讓他跟著琴聲掩泣起來，這一天正是他愛妻的生日，他們被關在不同處，也許只有幾百碼，但他卻有咫尺天涯之感。

思念生死未卜的妻子，佛蘭克爾在腦海與妻子對話，藉感受彼此間的愛情，來熬過苦日子，他體會愛情不以肉身為限，就算妻子亡故，仍能對著她的心像相思對談。

安妮逃過毒氣間，沒逃過致命的傳染病，但她的日記成為著名的歷史見證，有一顆編號5535的小行星也以她的名字命名；佛蘭克爾逃過這兩者，從傷痛中去尋找生存的理由，不讓自己衝向鐵絲電網自殺。他相信只要擁有一項生存的意義，就能忍受任何的痛苦。他以集中營的親身經歷，闡述「存在主義治療法」，而為這個學派的大師，這本書也一直暢銷於世界。

尼采說「受苦的人沒有悲觀的權利」，成長在社會安定、衣食無虞的人，難以理解「受苦」為何物、難以體會尼采的意思。我很幸運讀到這本書後，再去念輔導研究所。「諮商與心理治療」這門課，期末最後一堂課，教授要求每人五分鐘說說自己最喜歡的學派，我說：

佛蘭克爾十六歲時就曾寄叔本華的《心理分析》給佛洛伊德，我喜歡他以建設性的人生態度，詮釋與延伸尼采的受苦價值。人類存在的本質在於意義和目的的追尋，可以透過行動和努力，藉由價值感體驗（諸如愛或工作成就感），以及痛苦的經歷來發現存在的意義。

二十一世紀了，近兩三年世人飽受極端氣候災難、肺炎病毒肆虐、地緣戰爭摧殘之苦，除了追求生活的小確幸，誰不渴望心靈的撫慰滋潤？

嗯，帶這本書去「安妮之家」吧，我知道的，我去那兒不只是參觀，也是去安置我久藏的悲傷與感動的淚珠。

——二〇二三年四月三十日刊於《中華日報》副刊

夜賞奧黛麗・赫本劇照

夜泊荷蘭代爾夫特（Delft）小鎮，A13公路交流道附近的一家旅店。意想不到，我推開房門就撞見牆上掛有奧黛麗・赫本的電影劇照。眼睛一亮，滿滿的驚喜湧進心田，鎮日旅途的勞頓霎時全消。

沐浴後泡杯咖啡，坐在沙發上啜飲，欣賞這幅赫本在《第凡內早餐》（Breakfast at Tiffany's）裡的經典鏡頭，它和電影《衝突》（Serpico）裡有一幅畫面同樣，特別讓我難以忘懷。改編自真實故事的《衝突》，由艾爾・帕西諾扮演滿懷理想的警察，他積極勇敢，破案率很高，但因為不肯與同僚一樣收賄，受到猜忌與排擠，原想「兼善天下」，只好退到「獨善其身」，但惡勢力仍不罷手，設計陷害他。督察組展開調查，他得出庭作證，使他更深陷被謀殺的危機中，後來果然被暗算重傷，所幸撿回一命。

年輕時觀看這部電影血脈賁張，社會黑勢力如此的巨大殘暴，要吞噬伸張正義的獨行俠，最後雖然贏得些許的勝利「警界終於承認有不法之事，但僅限於某條街的某幾位警員」，但全是他付出許多血淚代價換來的。

電影 THE END 他拄著杖踽踽而行，一隻老狗陪伴他走到站牌，坐著等候黃昏的街車，低沉的小調音樂揚起，銀幕上打出醫生的話「你左耳失聰，右腿不良於行，陰雨天時還會隱隱作痛」。英雄的結局竟是這般落寞？我看過的克林．伊斯威特所扮演的大鏢客，行俠仗義後，總在輕快的口哨聲中揚長而去的呀！我的拳頭不禁捏得更緊，捨不得他，為他抱屈直到現在。

一九六一年上映的《第凡內早餐》被歸類為「愛情喜劇片」，描述從鄉下來到大都會發展的男女主角，經過一番折騰後，男生遠離被包養、女生放棄嫁金龜婿的「寄生模式」，他們在離別的最後一刻，找到真實的自我和彼此的真愛。

坦白說看多了公式套路的愛情片，這部片子我沒有特別的感動，倒是片頭讓我印象深刻：紐約曼哈頓區的清晨，一輛計程車停在第五大道 Tiffany 公司門口，女主角赫本所扮演的荷莉，下車後走到櫥窗前，邊吃早餐邊看裡面的商品，而後走回家睡覺。櫥窗裡到底有什麼東西，讓這位打扮時髦的女孩一大早就如此的凝視著？原來，Tiffany 是專門銷售鑽石、珠寶、手錶等精品的名店。年輕美女與璀燦寶石同框，美麗的張力十足，非常吸睛，但牽動我心思的，是藏在她墨鏡裡的眼神，一種由欣賞、羨慕、喜歡、希望、夢想因子所凝成的眼神。

我的心弦顫動起來，赫本這幅「想望」的劇照直指人心，劇中的女主角荷莉是我們的代言人，在世俗凡塵中打滾，有誰不希望自己能「時尚優雅」的過活呢？這幅畫面映射了凡眾的想望，難怪會成為經典鏡頭。

好幾十年了「挽髮髻、戴太陽鏡、穿黑色小禮服的赫本，拿著麵包和咖啡邊啃邊喝，目不轉睛地望著櫥窗的背影」，連同「有夢最美、希望相隨」的意象，一直駐留我的心田，並時時提醒我激勵我。

對我而言夢想和希望，不單是美學，也是動力學。

一九八六年美國密西根大學教授 Markus 和 Nurius 提出「可能自我」（possible selves）理論，認為「自我概念」裡含有未來的導向，包括「希望我」和「害怕我」，兩者都會觸發人們勇於計劃與行動，去達成目標或避免發生。因為我喜歡也認同，還選這個理論為框架去撰寫碩士研究論文。

一九九九年在波士頓參加研習後，到紐約曼哈頓遊覽，我特地去走一趟第五大道，在 Tiffany 櫥窗前駐足，懷想電影現場。雖然赫本已於一九九三年因病去世了，然而 Tiffany 至今都沒忘記她，把她吃早餐望向櫥窗的畫面，放在店裡的電腦螢幕上播放。

這次能在荷蘭代爾夫特看到這張劇照真是幸運，難道荷蘭跟赫本有關嗎？上網找資料，赫本跟《安妮日記》的作者安妮同一年出生，赫本的母親有荷蘭貴族的血統。赫本六歲時父母離異，母親把她從英國帶回荷蘭娘家，二戰納粹佔領荷蘭，舅舅參加抵抗活動被處決，她為反抗運動籌募資金奔波，也到醫院當義工，曾好多次目睹猶太人被運送到集中營的悲涼情況，大大震撼了她的心靈。

原以為赫本一生都光鮮亮麗，想不到成長的路途也充滿荊棘，歷經原生家庭的變故、殘酷戰爭的洗禮。

夜深了，我凝視這張劇照，感覺赫本的優雅美麗更具練達慈悲了。我忍不住在Google Maps這家旅店的評論上留言：「房間裡掛有赫本《第凡內早餐》的劇照，讓我們浸染在美好的氣氛中，謝謝」。

——二〇二三年七月三十日刊於《中華日報》副刊

少爺的道後溫泉驛夜未眠

夜深了，道後溫泉驛的燈光仍含情脈脈的亮著。剛剛我才遊罷溫泉街，從車站那兒走回旅店，卻忍不住的又回望它幾眼。

有哪個車站可以這麼的文學。俄國大文豪托爾斯泰搭火車出遊，不幸客逝阿斯塔波沃站長室，而後這小站就更名紀念；道後溫泉驛雖沒有以夏目漱石為名，但在他離世百年後，松山市區仍留有《少爺》小說裡火柴盒般的火車行駛，讓像我這樣忠心的書迷懷念。

來晚了，「少爺列車」歇腳在車站旁的引入線，帥氣的蒸汽火車頭牽著墨綠色的車廂，蠻古樸典雅的。搭乘少爺列車觀光，伊予鐵道制服的司機就會鳴笛，載我駛進一八九五年代的小說世界裡。

車站對面溫泉街口的「少爺機關鐘」響了，小說裡的人物隨著報時的旋律，在鐘塔的舞臺現身，用角色和場景回憶故事。我逐一點名：少爺、教務主任紅襯衫、數學組長豪豬、英文老師青南瓜與未婚妻瑪莉亞、美術老師馬屁精、校長狸貓。身旁有一群人跟我一樣限時搶拍，閃光燈閃爍不停，正為他們精湛的演出喝采。

夏目漱石這本半自傳小說，取材自二十八歲那年從東京到四國愛媛縣松山高校任教的經歷，城鄉間人文與社會習俗的差異、職場裡角色價值觀與名利的衝突，再再震撼了他的心性，於焉藉由小說演繹呈現。故事裡的角色都是平常人，情節也稱不上有大浪級的高潮迭起，但卻很吸引我，看得很入戲，大概是也把自己投射在裡頭吧！

師專畢業，我被分發到鄉下一間小學任教，如同艾爾．帕西諾在電影《衝突》所飾演的菜鳥警察，懷著理想與熱情踏入職場。我當導師、協辦營養午餐，訓導主任找我幫忙策畫七十五周年校慶，我也義不容辭費心規劃園遊會。校慶那天，校園果然熱鬧非凡，那位老校工還拉著我的手，說：「三、四十年來我第一次看到學校這麼的朝氣喜樂。」我聽了好欣慰。

豈知一星期後，我被叫到校長室，有位西裝畢挺的督學客客氣氣地問我一些事：「魔術屋」哪班的攤位？海報說表演十項，到底表演幾項？這位導師為人如何？我只愣愣地答：「我只是承辦人，剛來學校不久。」

這些問話來得突然又怪異，聽說是有人投書。是誰？為何？學期末我才釐清始末：A和B老師是補習王，原本相安無事，後來A搶了B的學生，B懷恨，派子弟兵去探A的魔術，覺得有異便匿名向縣政府檢舉。事情最終好像不了了之，但對我可是震撼教育，唉，校園不是我想像中的平靜單純，我心冷失望極了。

幸運的，就在這學期我邂逅了《少爺》這本小說。看少爺被住宿生捉弄、紅襯衫離間，屢遭權勢者威脅利誘，仍不願同流合汙、不願出賣義氣，我好生欽佩。末後，他和野豬聯手狠狠教訓紅襯衫，像大鏢客行俠後頭也不回的走了，這般的瀟灑讓我動容，也給我一個啟示：此處格格不入，莫忘屋外還有藍天，一年後我也學他辭職離開，求學去了。

走在溫泉街，老是惦記起跟少爺有關的往事，不知不覺來到道後溫泉本館，館外好多穿著浴衣的遊客，有一個人肩上披著一條紅毛巾，嗯，肯定是書迷，要進去館內那間專為夏目漱石保留的「少爺的房間」吧！

商店街燈火通明，每家店的伴手禮都琳瑯滿目，我的眼睛忙著搜索少爺愛吃的炸蝦麵和糯米丸串。前方有一家店的門前擺有冒氣的蒸籠，我連忙趨前一探，只是黑胡麻小饅頭，瞧它黑香Q彈模樣，也算是道地美食，一個一百日圓，我買了一籠六個邊走邊啖，突然想起少爺的女傭阿清，又折回去問有否新潟名產「竹葉軟糖」，店員皺一下眉搖搖頭。

可惜了，少爺的心願沒能達成。阿清是他生命中最重要的人，從小呵護著他、成天說他絕對會揚名立萬，才讓他得以撐過挫折。少爺來松山就職時，曾答應她要買「竹葉軟糖」，卻都沒有實現而引以為憾。不知怎的，這件事似乎也變成是我的「未竟之事」，棲息在心田深處好久了。

回到旅店房間，從行囊拿出《少爺》，讀到最後的「夏目漱石年表」，拿起筆在「一九一六年十二月九日去世享年四十九歲／一九一七年一月《明暗》出版」的後面，添上這一條「二〇一七年三月二十九日深夜，有一位臺灣書迷遊道後溫泉驛後，重溫《少爺》而徹夜未眠」。

——二〇二二年六月十二日刊於《中華日報》副刊

哥倫布古羅馬橋上的呢喃

站在古羅馬橋頭諦聽瓜河流水聲，懷想哥倫布為圓夢去求見女王，曾在此獨行奔波，感覺自己成了見證歷史的時空旅人。

早上西班牙哥多華（Córdoba）的天氣潮濕陰冷，瓜達爾基維爾河又起了風，站在這座初建於西元前一世紀的古羅馬橋（Puente romano）上，我的心卻是熱著，渴望在這兒繼續追尋哥倫布的足跡。

幾天前在葡萄牙里斯本的太加斯河畔，瞻仰「航海發現者紀念碑」站立在船艄的恩里克王子，我就想起哥倫布，惋惜他因時空因素，而未能與恩里克碰上面。

哥倫布二十五歲當熱內亞商船的船長，在一次和威尼斯的商船戰爭，船起火了，他跳海游到岸邊，這海岸就在里斯本附近，恩里克在此創辦了全世界的第一所航海學校、天文臺、造船廠，有許多探險家、航海者都群聚集在里斯本。

哥倫布住了下來，經營地圖的生意。在教堂認識後來成為他妻子的費麗帕，而費麗帕的父親生前曾在恩里克那兒當航海員，留下不少的航海日記、海圖以及航行探險故事。這個奇妙的境遇，滋養與壯大了哥倫布的夢想。

八年後他拿著「走一條從西邊航行到東洋」的路線地圖，去覲見葡萄牙國王約翰二世卻被拒絕了。可惜，恩里克王子在哥倫布十歲時已經離世，要不然這兩位大航海家英雄相惜，合作去探索地球將會有另一番作為的。

哥倫布遊說葡萄牙不成反被監視，帶著孩子逃到西班牙。所幸他的壯志得到裴斯司主教的認同，寫信向西班牙女王伊莎貝拉一世推薦，他急忙從巴洛斯港趕往哥多華。當時，女王和夫婿費迪南多二世在這裡指揮軍隊和摩爾人打仗，他們的住處基督教君主城堡就在河畔，通過這座羅馬橋往下游走千把公尺之處。

羅馬橋建造在瓜達爾基維河上，已經有二千多年的歷史了，被列為西班牙文物古蹟，歷經幾番整建，現在橋長三百三十一公尺、橋寬九公尺，堅實厚重、型態優雅的石拱橋墩，常常是各國旅人鏡頭獵取的焦點。

大概還早吧，遊客零零落落的。我站在橋頭眺望城堡，諦聽橋下河水的潺潺聲，不知不覺的把自己帶到一四八六年代。為了能實現夢想，哥倫布在這座橋來回走過好幾趟，他三十五歲去求見女王，直到四十一歲才得到允諾，前後有六年之久。走在橋上，想必他會這樣的喃喃：親愛的女王，地球是圓的，給我幾艘帆船、水手和糧食，讓我從大西洋海港向西航行，就能找到有香料、絲布和黃金的東方。

五百年前那時候的人大都相信地球像盆子，世界只有歐、亞、非洲而已。歐洲西邊的大西洋被傳說成魔海，有可怕的妖怪會將船擊碎；魔海的盡頭是大瀑布，船到那兒就會被捲漩下去。有誰敢膽向西行呢？除非像哥倫布這樣有信念、夢想又大無畏的人。

華人導遊小琪走過來，聽我說在尋找哥倫布的足跡，隨即要我看橋下這條瓜達爾基維爾河，因為哥倫布當年是乘船，從巴洛斯港到哥多華來求見女王的。

瓜達爾基維爾河是西班牙境內唯一可以通航的大河，現今行船只能到塞維亞，再走兩百多公里後流入大西洋，這正是一四九三年哥倫布第二次探險，率領十七艘船出發的加迪斯（Cádiz）港灣。

她在我的筆記簿上標示地中海、大西洋的位置，並從哥多華畫出瓜達爾基維爾河，流到加迪斯灣的大西洋出海口。隱約中，我彷彿聽到哥倫布吆喝著「起錨！起錨！」，船隊緩緩地駛向茫茫的魔海。

這是五百三十多年前的事了，哥倫布為了實踐夢想奔波於古羅馬橋上。而今，我千里迢迢來到這座古羅馬橋，用呢喃把哥倫布和恩里克王子合框，製成時空旅人的書籤夾進我的《哥倫布傳》裡。

——二〇一九年十月二十六日刊於《中華日報》副刊

《瘟疫》患難見溫情

原本四月要到荷比法三國自由行，去年就訂好機宿與門票。哪知爆發肺炎病毒，每日盯看疫情報導，感覺後續將不適合於行旅，二月底寫信給民宿說明原委取消，很快地就得到房東的回應：理解，訂金不沒入。

房東的善意讓我想起卡繆《瘟疫》小說裡的情節：旅館經理發現電梯裡有死老鼠、員工感染了怪病，憂慮似乎一切都完了之時，房客塔霍用「我們都在同一條船」安慰他。疫情燃燒擴散，各行各業都深受打擊，旅行業者首當其衝，災難何時結束未知，怎不令靠此維生的人憂心！

塔霍喊「我們都在同一條船」不是口號，他說服李爾醫師、潘尼洛教士、格蘭職員等人共同對抗黑死病，並組織清潔隊改善住宅區衛生、登記消毒過的閣樓和地窖、陪同醫生處理病患、支援司機運送屍體。

《瘟疫》描寫俄蘭城發生鼠疫，災難突來又惡化，迫使城市封鎖，居民遭死亡與傳染的威脅，親人間飽受隔離之苦，許多的自由都被剝奪，有人自私貪婪或麻木不仁、尋找代罪羔羊，有人基於理念或職責、熱誠挺身而出，結盟防疫，歷經奮鬥終於控制疫情，得以解除封城。

少年時代就看過這本小說，當時書評常以「存在主義」框架來探討卡繆的思想哲學，弄得我頭昏腦脹。現在年紀增長，就較能體會小說角色的動機和行為。

這本小說被視為卡繆的代表作，四十四歲時他榮獲諾貝爾文學獎，評為「他的文學著作以明察而熱切的眼光，照亮了我們這個時代人類良心的種種問題」。對照其先前的《異鄉人》，描寫個體孤獨、疏離於現實的困惑和荒誕的作品，《瘟疫》聚焦在群體面臨災難共業，因能覺知彼此命運與共，使得「人們的所作所為值得讚美的，都會比值得鄙視的多。」這讓我在嚴峻災情裡讀到眾多的溫情，例如：

李爾醫師早出晚歸，母親總是靜坐著等，看到他進門，臉上綻放光彩後又平靜下來。有一晚，他告訴母親擔心疫情擴散。母親說她沒什麼好怕，也不怕等，只要知道他會回來就好。他不在時，就想他此時正在做什麼。他和媽媽用沉靜的方式互愛，雖沒有激盪的情緒，卻感人肺腑。

而年輕記者藍伯用盡關係、花錢偷渡，只盼望能跟妻子相聚，卻在離城前決定留下來，一起對抗黑死病。塔霍提醒他如果想要分攤別人的不幸，他就沒有時間去追求自己的幸福。李爾也對他說，選擇自己的幸福並不可恥。藍伯回答：「當然，可是只有自己幸福是可恥的。」這最後的抉擇來自大愛的價值取向，讀來溫暖人心。

職場失意的格蘭為了挽回離家出走的太太，夜晚拼命寫書，想獻給愛妻。但厚厚的五十頁，只寫「五月騎馬的女子」開頭這幾句就反反覆覆的塗改。在他病危時趕快寫下「我最親愛的珍妮，今天是耶誕節」，這兩句遺言看似平淡無奇，卻是真誠掏心，因為他倆當年就是在耶誕節相愛而結婚的。

《瘟疫》出版至今已七十多年了，卡謬說黑死病病菌不會死滅，為了給人類帶來苦難和啟發，哪天都可能重返人間。這啟示會是病菌攻擊人類不分其膚色國籍，也不分其貧富貴賤，因此當災難來臨時，需要同心協力度過難關吧！

不論是英文的「A friend in need is a friend indeed.」或是日文的「まさかの時の友は真の友」諺語，都在彰顯患難見真情的可貴，而今，全球正遭受傳染病的侵襲，我身處這條船中，感受到房東的溫情，立即回信表達感謝與祝福，以及等疫情過後再去那兒住宿之意。

——二〇二〇年四月十一日刊於《中華日報》副刊

傑克・倫敦的兩隻犬

筆電裡儲存著行旅中巧遇的動物照片二十多張，有曼哈頓帝國大廈觀景臺的鴿子、往拉薩途中獨行的藏香豬、浸水營古道攀在小腿的螞蝗、帶小雞排隊過馬路的公雞……，這當中互動最多的是螞蝗，用我的血鼓圓身子，其次是被我稱為「巴克」和「白牙」的狗，牠們都和我對望了好幾眼。

幾年前大目降武德殿整修，建築物被圍籬圍著，圍籬外有一道紅磚牆，嵌著栩栩如生的劍道浮雕。平常來新化老街，我總喜歡順道去觀賞。這一天，走近磚牆，有隻黑狗從圍籬裡鑽出來，坐在浮雕前盯著我，豎尖雙耳齜牙咧嘴的，讓我覺得很掃興，但瞧見牠繫有頸圈，推測牠不是野狗，是盡責看守工地的忠犬，隨口就叫一聲「白牙」，還向牠比個讚。

那年秋天去西藏，在海拔五千多公尺的那根拉山口，只見眾山白雪皚皚，大地雪花片片。孤寒冷寂，除了流浪的雲、漂泊的風，有誰會在這兒歇腳？沉吟間，不知從哪兒冒出一隻棕狗，無聲無息的走來，離我十步遠處打住，機警的看著我。牠的鬃毛有如獅王般密長，但卻蓬鬆凌亂，應該是野狗，然而牠的眼神柔和，沒有敵意，很有可能被人類馴養過，於是我脫口說：「巴克，你還好嗎？」

為何會給陌生的狗兒取名，還順口呼叫？說來全因傑克．倫敦小說《野性的呼喚》、《白牙》裡的主角巴克與白牙，牠們的形影早早就進駐我的心房。

傑克．倫敦（一八七五至一九一六）誕生於美國舊金山，被譽為二十世紀初最引人注目的文學代表，四十年的歲月留下了五十部著作，是當時美國名氣最大、稿酬最高、讀者最多的作家，被譯成外文的作品印刷量，遠比第二名馬克．吐溫的多出二倍。

這兩本小說藉由巴克和白牙生存鬥爭的遭遇，表達對人類社會的認識之外，描寫牠們和主人逆境中發展出的真情，筆觸細膩讀來溫馨感人。

巴克原本在法官家生活，被偷賣到北極拉雪橇，百般受虐中，飢勞瀕死之際，桑頓救了牠，從此忠實地跟隨新主人，桑頓被人謀殺，巴克以兇悍的狼性復仇後，跟著狼群進入森林，每逢冬季就到桑頓死去之處，仰頭朝月亮發出淒涼的嚎叫。

白牙被人買去當鬥狗，虐待牠來激起兇殘野性。重傷生命垂危時，司各特出錢解救與悉心照料，之後帶牠回莊園馴化，學會遵守人類文明的規定。後來為救司各特的法官父親，牠奮不顧身咬死逃犯而身負重傷。

巴克因主人被殺，不願再做溫馴的狗，變成荒野的狼；白牙為保護主人，捨棄自由行動的狼，變成顧家的狗。受虐境遇大致相同，結局竟是天壤之別，讓人感嘆造化弄人，不勝唏噓。年少時讀了這兩個故事後，牠們就像伊索寓言裡的動物，時時給予我哲學上的沉思。

幾年前收養了三年多的流浪狗「Lucky」，大概在外頭吃到毒藥，奄奄一息的走回家，倒在門口見最後一面。這件事讓我對離家出走、在荒野流浪的巴克更加不捨。回來吧，巴克！

之後讀傑克．倫敦傳記，發覺他更喜歡狼：用狼頭當藏書印記、將愛狗命名為「褐色狼」、第一本小說集《狼之子》、捕海豹小說《海狼》、建造「狼宅」別墅……，也許是他二十一歲去加拿大克朗代克淘金，見識到狼能夠在那樣險惡的環境下生存。對他而言，狼象徵成功的「適者生存的勇者」，是一種讚美。在人類社會中求生存，也需要像狼擁有野性和自由的力量，強健的體魄、膽略和毅力。

在真實人生裡，他的確像狼求生存般的奮鬥，九歲開始打工，報童、罐頭工、蠔賊、白令海峽獵海豹、走遠路到華盛頓請願、曾流浪被捕、經營小農場，淘金夢醒後埋頭於寫作，在文壇上嶄露頭角才得以脫離困頓。

苦難跌宕的歷練，大量閱讀各領域的學術名著，使得他的作品富含深厚的哲理。同樣是冒險小說，讀馬克．吐溫的《湯姆歷險記》，我被孩子的淘氣所逗樂，讀他的《海狼》則會聞到濃烈的尼采超人哲學、達爾文進化論思想氣息。

他的小說沒有委靡頹廢之氣，筆下的人物勇敢地活著與死去。他寧願如火花燃燒般的焚燒殆盡，也不願寂寂沉默如乾腐朽木。在短暫的人生裡，他不僅成為作家，也是冒險家、記者、革命者、莊園農場主、慈善家、農業革命實踐者……，每一天都發出生命的熾熱光輝，他說「人類的根本責任是活著，而不僅僅是存在。我將不會把時間浪費在試圖延長生命上面，而是過好我活著的每一天。」

傑克．倫敦，一位不俗的作家；《野性的呼喚》、《白牙》，不同凡響的小說，好多年以前我就把這些書擺在書櫥，放置於書桌平視所及的地方，以便可以隨時看到。今夜寒流來襲，偶然打開照片檔，與武德殿守護犬、西藏雪地犬重逢，不禁轉頭望向櫥窗，默默地問候巴克與白牙。

——二〇二四年三月三十日刊於《中華日報》副刊

在巴斯陪珍・奧斯汀散散步

昨日從史特拉福到史前巨石陣參觀，夜宿巴斯（Bath）皇后廣場附近的旅店。晨醒，窗外貓霧光的天空上，有好幾隻海鷗在屋宇間不停地穿梭，好似在巡守這座城市。

十多年前在宜蘭羅東行旅，醒來望見海面上的龜山島，彷彿是一隻衛戍城市的大鯨魚，這奇特的晨醒第一眼，啟動了我的聯想，而想起羅東當地的大作家黃春明、賴西安。嗯，今天的巴斯一日遊，可以去探訪哪位心儀的人物呢。

在西班牙龍達，我想起用龍達為背景寫《戰地鐘聲》的海明威；在孔蘇埃格拉白色風車村，想起寫《唐吉訶德》大戰風車的塞凡提斯；來到英國的貝斯，自然會想到以《傲慢與偏見》等多本膾炙人口小說聞名的珍・奧斯汀（一七七五至一八一七）了。

巴斯在倫敦西方一百六十公里處，離布里斯托海峽七十多公里，因亞芬河谷擁有豐富的天然溫泉，西元一世紀時就被佔領的羅馬人當為礦泉浴地，十八世紀初冒險家里查・納許來此，將水療與休閒結合，帶動城市許多公眾建設，吸引貴族名流、仕紳淑女前往，成為英國最有名氣的「時尚度假溫泉城」。

珍和她的父母、姊姊卡珊卓曾在巴斯生活五年之久，之所以來此跟溫泉有關。一八〇〇年她的父親退休，把教區牧師職和家產傳給她的大哥詹姆士，不久就到巴斯找房子住，除了方便於泡溫泉有助健康外，母親也希望珍和姊姊能在此遇到如意郎君，畢竟她倆的年齡都在婚姻市場拉警報了。

珍聽到父母宣布這個移居消息，據說當場震驚到昏倒。離開二十多年朝夕相處的家園、鄰居和好友，父親出售五百冊的藏書、她彈奏多年的鋼琴、大批的音樂收藏，連手稿與檔案都歸詹姆士所有……，這簡直刪掉了她往昔全部的美好記憶。她感覺被放逐，用陰影、煙霧和混亂字眼反映了她的心緒，大概是因為這樣剝奪了她的寫作動機與樂趣，足足有幾年都沒寫出作品呢！

他們先暫住親戚家，再到能俯瞰雪梨花園的雪梨廣場四號賃居，而後因經濟拮据搬到格林公園住宅，一八〇五年父親去世，遷居於蓋伊街（Gay Street），隔年七月離開巴斯。

早餐後我信步走到這條蓋伊街，珍的塑像就站在「珍・奧斯汀遊客中心」門口，她戴一頂深藍色的寬繫帶軟帽，身著淡藍色的高腰連身裙，腹前雙手十指交握，仰起那張聰慧美麗的臉龐，看向巴斯的天空。而我總覺得那雙深邃的眼眸，藏有一絲絲的陰鬱，也許還在療傷。今天在巴斯，就陪她散散心吧。

珍從小就喜歡散步，童年時在史蒂文頓老家，常跟姊姊繞著外圍小徑散步，走好幾里的路到波紡巷拿家裡的郵件；離開巴斯住五哥法蘭克在南安普頓的住宅時，也時常沿著海濱走到伊欽河。珍的姪子說散步是她寫作靈感的來源，是「文采的搖籃」。

攤開貝斯一七七〇年代鼎盛時期的地圖，亞芬河彎曲成 S 型呵護著小鎮，現今巴斯的建築物，大多數是十八、十九世紀興建，羅馬浴場、普爾特尼橋、皇后廣場、皇家新月樓、圓形廣場、雪梨花園都還在，這幾處也是她喜歡駐足的地方。

「珍・奧斯汀遊客中心」有穿著那時代衣服的工作人員引導，展示有關珍的生平、作品被改編成電影的劇照，還有提供遊客用羽毛筆寫字的體驗活動，這讓我想起珍二十歲時父親特別從城市買「配有抽屜、玻璃墨水臺」的桃花心木書桌當生日禮物。父親對她寫作才華的賞識，激勵她隨即寫出第一本小說《愛蓮娜與瑪麗安》，以及《第一印象》的初稿。

皇家新月樓是巴斯最壯觀的建築、最昂貴的住宅，一七七六年由小約翰・伍德所建，珍時常在新月廣場參加「散步舞會」，散步舞（Spasirka）捷克民俗舞蹈，是男女朋友相偕去散步的舞蹈，當時在巴斯很受歡迎。

珍沒在這兒締結良緣。她曾有短暫的戀情，只是對方意外過世了，後來有富二代向她求婚，她允諾後隔天又拒絕了。在麵包、愛情與婚姻上，她有如《傲慢與偏見》筆下的女主角伊莉莎白，不認為父權社會下的女性必須做出妥協與犧牲，因此拒絕了柯林斯的求婚和達西的第一次求婚，當達西的姨母企圖阻止她嫁給達西時，則勇敢地回嘴「我只按照我自己的意思去追求幸福而已」。

讓我不捨的，珍才華洋溢，卻英年早逝，要不然就可以結識同時代的安徒生（一八〇五至一八七五）和狄更斯（一八一二至一八七〇），繼續寫出更多曠世巨作。安徒生發表《年邁的街燈》那年，第一次到英國旅行，在倫敦認識了《孤雛淚》的作者狄更斯，從此兩人惺惺相惜，結為親密朋友。

要離開巴斯前往倫敦了，我依依不捨的回望珍．奧斯汀一眼。

——二〇二四年一月三十一日刊於《中華日報》副刊

輯三　海外旅情

旅行對我來說，
是恢復青春活力的源泉。
——安徒生

巴黎街頭情抄

之一　莎士比亞書店

上午十點半這家店的店門還沒開，怎麼有一長串的人在排隊等候進去？

哦，原來是赫赫有名的「莎士比亞書店」，而，書店增設的品牌「咖啡店」，十點已經開始營業，卻顯得冷冷清清的，想必大家都是慕「書店」之名來的。

一九一九年 Sylvia Beach 創設莎士比亞書店，一九四〇年德軍入侵巴黎後關閉就不曾重新開放，一九五一年 George Whitman 感佩 Beach，在聖母院附近的左岸，開設了這家英文書店，幾年後 Beach 允諾給予店名，一九六四年正式掛名為「Shakespeare and Company」。

莎士比亞（一五六四至一六一六）是史上最傑出的劇作家，博得這家書店的尊崇命以其名，百年來常有國際詩人墨客到此拜訪或聚會，海明威和第一任妻子住巴黎期間，就是這兒的常客。

據聞 Beach 年代書是免費租借的；Whitman 年代則提供貧窮作家休憩場所；目前傳給他的

女兒 Sylvia 經營，更允許年輕作家來店裡工作與生活。

站在書店前那棵盛開的櫻花樹下，想到古語曾說「文人多自負，又彼此相輕」。望著這群安靜等候進入書店的人群，我搖搖頭否定。

之二　塞納河情鎖

塞納河是巴黎的母親河，河上計有三十七座橋樑，其中，連接第一區法院正義宮、第四區沙特萊劇院的兌換橋（Pont au Change）得名於十二世紀，有許多貨幣兌換商聚集在此，從事貿易外匯交易。

漫步其上，遙想當年人聲鼎沸的盛況時，猛然發現現今橋樑也熱鬧非凡：網狀護欄的鐵條上，各式各樣的情人鎖群聚，少說也有五六百個。

走近細瞧，它們燕瘦環肥在牆上擺 pose，彷彿在問我說：「誰是天下最痴情的鎖呀？」這可為難了，記得幾年前離兌換橋不遠的「藝術橋」，滿掛的情人鎖已危及安全，巴黎市政府下決心清除逾七十萬個、重達四十五噸的鎖頭哪。

遠處有幾艘船在清理河道。明年七月的巴黎奧運將在塞納河舉辦開幕式、馬拉松游泳和鐵人三項，可以預想這兒會擠滿來自世界各國的觀眾。

人們除了渴望有浪漫的愛情、溫暖美好的親情和友情，也會期待擁有跟陌生人友善相處的社會情，來能豐滿人生吧！

之三　艾菲爾鐵塔

夜船航行在塞納河。艾菲爾鐵塔亮燈閃爍的剎那，船上頓時爆出驚呼聲，大大小小、男男女女都像參加跨年煙火活動般的興高采烈。

情侶們雙雙對對的擁吻起來、親人朋友間互相招呼拍照，和我同團來自臺東的阿婆，用手機與在家裡等候的兒孫們視訊，「阿嬤終於看到巴黎鐵塔了」，隱隱約約地，我聽到電話那頭傳來的歡笑聲。呀，巴黎現在是晚上九點，臺東現在是凌晨四點呢！

自從艾菲爾一八八九年完成鐵塔開放給民眾參觀，遊客們這樣興奮的場面大概屢見不鮮吧！誰都意想不到，這座矗立在塞納河畔戰神廣場，三百多公尺高的鐵製鏤空塔，竟是這般富有魅力，能迅速的風靡全球至今。

我家附近有一間飯店，規模不大，少有外國人住宿，但大廳擺有一座三公尺高的艾菲爾鐵塔，晚上我路過，時常看見親力親為接待客人的中年老闆，坐在沙發上望著鐵塔發呆。

艾菲爾所發下的豪語「我要蓋在巴黎，讓大家都看到。無論是富人還是工人、大家族或小市民，我要任何人都能看到」，一百三十多年來仍不斷的兌現，而且不僅是巴黎人看到，在萬里外的我，也看到了他的萬丈豪情。

之四　草間彌生圓點

巴黎，時尚之都，世界頂級精品名牌雲集。

電影《哈里斯夫人去巴黎》描寫倫敦的清潔婦哈里斯夫人，看到雇主家中的 Dior 禮服，開啟她想擁有一件的夢想，於是湊足錢來到巴黎 Dior 總公司圓夢。

參觀羅浮宮後，信步走到塞納河新橋，抬頭就看見另一品牌 LV 的大樓，讓人眼睛一亮的，大樓前站著五層樓高草間彌生的塑像，她身穿波卡圓點（Polka Dots）衣服，拿著畫筆為大樓外牆畫上波卡圓點。

草間彌生被譽為日本的經典藝術家、二十一世紀十大前衛藝術家之一。十歲時罹患幻覺幻聽，當時波卡小圓點就成為她自我療癒與創作的泉源，直到現在，仍熱情的在世界拓展波卡圓點藝術。

巴黎，藝術之都，各國藝術家匯聚之地。

忽然想起那位時常到巴黎的學妹，三年前我到佛光山看她的畫展，她說出心路歷程「四十六年沉浸在繪畫藝術，走遍巴黎畫廊，造訪莫內之家，省視內心自在，幻化為彩筆。」想到這，我連忙拿出筆記本，寫上：嗯，有夢最美，能熱情付諸行動，更美。

之五　手提袋紀念品

要離開巴黎了，若想帶個紀念品離去，會是哪樣東西？

一九一三年美國詩人艾茲拉·龐德（一八八五至一九七二）在巴黎地鐵站獲得靈感，花一整年時間，寫下這首〈In a Station of the Metro〉：The apparition of these faces in the crowd; / Petals on a wet, black bough.

龐德把地鐵一張張模糊的臉孔，連結到黑色枝幹上濕漉漉了的花瓣。初，寫三十一行，後改為十五行，再經淬鍊，終於「意象」成兩行詩，傳誦至今。

遊巴黎五天見識到花都的時尚與繁華，也看到罷工示威、灰濛濛的天空、亂牆的塗鴉，對巴黎的整體印象又為何？

塞納河畔的商店小攤掛著一個手提袋：「一位紅衣帽、紅鞋子，長髮飄逸的女郎，跨上輕巧的淑女車，採來滿籃的野花，哼起歌，盡情暢遊巴黎，凱旋門、艾菲爾鐵塔……」這幅畫「浪漫自在」的意象瀰漫。嗯，正是我心裡最想為巴黎保存的。

——二〇二三年十二月三十日刊於《中華日報》副刊

童心・鄉愁，獨酌布魯塞爾啤酒

是離家越來越遠的難分難捨，或是離家越來越近的近鄉情怯？

那位面貌有點像美國民謠天后 Joan Baez 的紅髮女孩，在午後的布魯塞爾大廣場巷道，唱著這首經典鄉村民歌〈500 Miles〉：「如果你錯過我坐的火車……」

有許多遊客漫不經心的路過，而我停下腳步佇立靜聽，不禁跟唱起來「一百哩、二百哩……」用火車的笛聲，丈量離家距離的情緒，一步步的旋緊離愁；歌詞中的每一個「你」，無不再再呼喚著聽者的心靈故鄉。

歌者的嗓音雖不如 Joan Baez 的清亮樸實，但略帶沙啞、風塵僕僕的嗓子，卻也穿透力十足，觸動心弦，身旁彈吉他伴奏的牛仔褲男孩，撇過臉深情的望著她。

剛剛去橡樹街口探望比利時的超級網紅「尿尿小童小于連」。有關這尊五歲小男孩青銅像來源傳說眾多，我比較喜歡這則「小于連半夜出來尿尿，發現路上有點燃的炸藥引信，急中生智，奮力撒尿澆熄引信，解除了敵軍炸城的危機，後人感念他救命之恩，就在原地立像表彰。」

有人說小于連會在火花上撒尿，只是「玩心作祟」罷了，大人未免想太多了；有人說這五十多公分的雕像太迷你了，千里迢迢來看難掩失望。我是童心未泯，呵呵，瞧他頭好壯壯，膝蓋微曲的站著，那般認真地腹肌、大腿肌使勁的尿尿，感覺他是人類的新生命，充滿活力與希望。

旅行好比求知，學習是求知的路線，失去了路線，便會停止前進。在橡樹街口我感受到小于連對比利時的象徵意義；在大廣場巷道〈500 Miles〉的歌聲中，興起我心中潛流的思鄉情愫。

布魯塞爾是比利時首都被譽為歐洲地理、經濟和文化的十字路口，歐盟的首府，美食鬆餅、巧克力、薯條、啤酒聞名天下，聽聞比利時人「一杯啤酒、一大包洋芋片」就可以度個歡樂時光，嗯，超棒，將生活當作藝術般品嚐，展現了生活美學的態度。

布魯塞爾大廣場長寬約一百一十、六十多公尺，一六九五年曾遭法軍轟炸，廣場與建築物幾乎全毀，十九世紀中葉整修，如今是比利時最重要的景點地標，一九八八年入選為世界文化遺產。

環繞廣場的有塔樓九十一公尺高的市政廳、現為市立博物館的國王之家、巴洛克風格的布拉邦公爵館，還有船夫、裁縫、粉刷匠等多種行會的會館，廣場的石磚地板，立體的凹凸光影，雨水倒影繽紛，建築上的金色飾物，每每映射晨曦、夕陽、夜燈的光芒，使其金碧輝煌成「黃金廣場」。這兒不僅瀰漫歷史文化氣息，周遭商店、酒吧、餐館林立，生活機能盎然。

在市政廳對面的商店，買了幾盒歌蒂梵（Godiva）巧克力，我突然想起曾讚美大廣場是「世界最美的廣場」的法國大文豪維克多・雨果（一八〇二至一八八五），他曾住在附近一家餐廳的二樓，便前往尋找，果然在門牌二十六號柱子上，發現一塊銅牌刻著「VICYOR-HUGO WOONDE IN DIT HUIS IN 1852」字樣。

年少我讀雨果的小說《鐘樓怪人》、《悲慘世界》，作品中描述社會的苦難和不公，角色人物的命途多舛，以及人性的考驗與光輝，至今仍印象深刻。

雨果年輕時傾向保皇主義，而後逐漸成為共和主義的推動者，一八五一年拿破崙三世稱帝，他大加抨擊，被放逐到國外二十多年，初始就是流亡到布魯塞爾，在此生活了一年。

夜幕緩緩落下，氣溫驟降。在廣場邊一間百年老店，點了特色風味料理「淡菜」，手掌大的鮮美貽貝滿滿的一大鍋，用貝殼當夾，取出鮮嫩的肉，把麵包沾汁，搭配番茄蝦仁沙拉，既開胃又美味。之後，滿臉笑容的店家拿來薯條、冰涼的 Léon 啤酒。

餐館顧客滿座人聲鼎沸，我抬頭望見老店始自一八九三的招牌，邊啜飲啤酒邊遐想：雨果流亡布魯塞爾期間，也許也會來這家喝啤酒，甚或就坐在我這個可以觀賞窗外的位子吧！

從權力的巔峰摔下又被放逐到異國異鄉，心底的鬱卒想必深濃？我試著想像一百七十多年前雨果在此獨酌啤酒解鄉愁的身影。啊，想太多了，這家店是雨果離世八年後才創的，更何況雨果哪是容易屈服於逆境的人，他的至理名言「沒有風暴，船帆不過是一塊破布」、「黑暗籠罩著世界，但理想卻光芒四射，無比燦爛」，的確他沒有因此喪志，繼續寫下不少的不朽巨作。

窗外下起了小雨，濕糊了窗景，我挪回眼神。這夜，我該好好的獨酌布魯塞爾啤酒，不是解憂，而是開懷。

——二〇二三年十月三十日刊於《中華日報》副刊

埃爾瓦什古城和她的橘風情

參觀葡萄牙邊境古城埃爾瓦什（Elvas）和護城堡格拉薩（Forte de Graca），原本只盼望增加一些軍事設施常識，哪知卻也享受了她的橘風情。

自古邊境要塞常是殺戮戰場，一旦發生戰爭必然腥風血雨。昔，唐朝武功蓋世，但在安史之亂後，邊界屢遭回紇、吐蕃侵犯。王昌齡〈出塞〉詩「騮馬新跨白玉鞍，戰罷沙場月色寒；城頭鐵鼓聲猶振，匣裏金刀血未乾。」這蒼涼悽慘叫人唏噓感嘆。

葡萄牙在大航海時代也曾是海上霸權帝國，一四九四年和西班牙簽《托爾德西里亞斯條約》，以西經46°37'附近為界，瓜分了歐洲以外的新世界，其殖民涵蓋五十三個國家的部分領土。然而一五八〇年因皇室姻親繼承的關係，葡萄牙的本土卻被西班牙侵占，一六四〇年擺脫統治後，加強邊境防禦工事的修築，埃爾瓦什位處軍事戰略要地，便是其中之一。

埃爾瓦什離首都里斯本約兩百公里，隔著瓜地亞納河與西班牙的巴達霍斯對峙，除了城區築圍牆衛護，城外亦建格拉薩等沒有防禦死角的星型堡壘多座，防禦工事覆蓋周邊十平方公里的範圍；為抵抗被長期圍城，修築七公里長、八百四十三個拱門的「阿莫雷拉水道（Aqueduto da Amoreira）」引水入城。這些宏偉的建設是那年代防禦構築的典範，人類運用智慧的結晶，二〇一二年被聯合國列入世界文化遺產。

格拉薩堡建築在這地區最高的山丘上，頂端是指揮官的房舍，從房舍的露臺瞭望，四周景象一覽無遺。這一天露臺上的風咻咻響，我緊壓帽沿瞭望，埃爾瓦什城和阿莫雷拉水道就在眼前不遠之處。遙思當年指揮官曾站在這兒觀察敵情、發號施令，不禁興起「物換星移幾度秋，堡中人物今安在」之嘆。

想起這座山丘上原本有一座哥德式教堂，是一三七〇年由航海家達伽馬的曾祖母所捐建。達伽馬就是第一位抵達印度的歐洲人，這讓向來崇敬航海冒險家的我，一掃堡壘的肅殺之氣，暗自歡愉起來。

葡西兩國如怨偶愛恨糾纏，十五世紀以後在此交戰多次，其中一八〇一年的橘子戰爭最讓人印象深刻。那年法國聯合西班牙入侵，Godoy 帶領的西班牙軍隊屢攻埃爾瓦什不成，戰爭陷入僵局，於是他摘採城下的橘子，送回去給西班牙女王，傳遞將攻下此城，並直搗里斯本的決心，這場戰爭因此被稱為「War of the Oranges」。

橘子戰爭，乍聽以為是爭奪橘子而戰！昔，唐明皇為楊貴妃快馬送荔枝表寵愛，Godoy 摘敵人之橘送女王表忠心。荔枝是楊貴妃的最愛，埃爾瓦什的橘子是女王的最愛嗎？還是 Godoy

的隨手之便？

幾年前我在臺東成功鎮買「三仙台臍柑」，果皮深黃色，果肉橙黃色、柔軟多汁，頂部內著生一小果，開裂成臍狀。果農說這柑橘最早由中國傳到葡萄牙，再傳巴西、美國、臺灣。我跟她點點頭。據資料一四七一年柑橘類果樹從中國傳到葡萄牙里斯本，又帶到地中海沿岸栽培，當地成為「中國蘋果」（為何稱蘋果？我一直很難理解，蘋果和橘子外皮和果實滋味都有很大的不同呀！）

一六二二年葡萄牙凱瑟琳公主嫁給英國國王查理二世，嫁妝有金銀財寶、香料，還有中國的茶葉、瓷器茶具等非常豐厚。聽說當時世界最好的橘子，有一部分產自葡萄牙，凱瑟琳會定期將橘子運往英國新家，有的則製成橘子醬送給要人。

不知是否是巧合，格拉薩堡的頂樓房子漆成橘色，我挪回搜尋戰場的眼神觀賞，發現在藍天白雲的映襯下，這橘色像金黃的稻穗，溫存陽光的精華，散發出一種飽滿的美麗。事實上格拉薩歷經幾次的整修，近年來在保護古蹟與開創新價值下，融合軍事與旅遊的元素，二〇一五年重新開放參觀，堡壘已沒有陰森之氣，其特殊的構築造型，以及所形成的萬千光影，說不定會成為婚紗照的熱點。

巧合的，下午到埃爾瓦什古城的 SAO JOAO DE DEUS 旅店投宿，車門一開迎面撲鼻的芳香沁入心肺，好熟悉的香味。這家旅館原本是修道院，現改為四星級旅館，占地很大，有游泳池和橘子園庭院。走進庭院，滿樹的乳白橘子花瓣怒放，不禁深呼吸了幾口，想念起家鄉的文旦柚花。

在時差七小時的葡萄牙，人不親土也不親，但橘子幫忙親近了我們彼此的關係，我撿拾一顆掉落在地上的橘子，放在手心感覺一下，把它的色澤、重量和觸感，收藏在我的感性匣裡。

傍晚漫步古城，陽光伸長手帶我鑽進紅屋頂、白牆面、橘黃框建築的小巷裡。曾經走過幾座知名古城，她們都有色調的加持，我喜歡摩洛哥的舍夫萬沙，房子白牆上漆著藍色，讓小巷瀰漫神秘氣氛；我喜歡西班牙的米哈斯，地中海的海風把紅瓦、白色的樓房雀躍得很陽光，而這座埃爾瓦什古城，紅瓦白牆外多了一種橘黃，這橘黃飄逸著芳香、溫煦與優雅，豐富和愉悅視覺嗅覺，更讓我深深著迷

或許我用古今澆灌了這座古城；或許橘子樹的花香誘出了鄉情；或許橘黃美感了邊境風情，這些或許的總和驅使我臨睡前打開 Goodgle 衛星地圖，在這家旅館的上方放一個熱氣球標註，用「在地嚮導」角色分享了三張照片，並且留下我的美好感言。

——二〇一九年六月二十二日刊於《中華日報》副刊

遐思巴塞隆納的情人節

去西班牙旅遊嗎？若可以選日期的話，就選四月二十三日到巴塞隆納（Barcelona）吧！這天這兒除了有聖喬治節（Sant Jordi）宗教紀念日氣息，還有跟臺灣截然不同的情人節氣氛，幸運的話還能跟我一樣，目睹與遐思了愛情的羅曼蒂克。

聖喬治節是西班牙加泰隆尼亞地區特有的節日，每年的這一天男士會送紅玫瑰和麥穗給情人，這個傳統來自一個傳說：遠古有惡龍，日日需進貢牲畜，因牲畜匱乏，改以人獻祭。有一天公主抽到祭籤，被送往惡龍處，這時出現一位名叫喬治的騎士，手持長劍搏殺惡龍，拯救了公主。惡龍的鮮血流淌地上，長出一朵玫瑰，騎士長劍也變成麥穗。喬治就將玫瑰與麥穗送給公主。

英雄救美也愛美人，這傳說並沒有交代兩人後來是否結為連理，但送情人玫瑰花、麥穗示愛，所散發的羅曼蒂克氛圍，會讓人隨之墜入愛情那種詩意、感性、遐想、美好等因子的感覺裡。誰不想沉浸在動人的愛情故事裡。師專一年級，我去圖書館借的第一本書就是莎士比亞劇本《羅密歐與茱麗葉》，這則淒美的愛情故事至今還迴盪在心。

巴塞隆納是加泰隆尼亞區的首府，也是世界有名的觀光勝地，聖喬治節這一天早上，我走在一公里長的商店街蘭布拉斯大道（La Rambla），沿街就增加了許多賣鮮花的小攤販，手捧花束擦肩而過的遊客頗多，讓這條林蔭人行道瀰漫情人節歡愉的氣氛。

我往北穿過加泰隆尼亞廣場（Plaça de Catalunya），廣場的鴿群多是世界有名的，很多人丟食物讓鴿子爭食，或誘飛來手上啄食，藉此來拍照留念，駐足圍觀的人也多，我身旁有位戴墨鏡、著淺藍色上衣，穿牛仔褲上了年紀的男士，他拿著一束花，花飄來香氣。他心不在焉的看鴿群飛舞，常抬起手腕盯視錶面，是在等情人到來吧。

這位男士已銀白了髮，暮年也可以這樣浪漫，在臺灣可是少見的。浪漫不是年輕人的專利，但暮年少了青春的時間優勢，每一次的約會都彌足珍貴。電影《麥迪遜之橋》裡的男女主角，克林伊斯威特摘花送梅莉史翠普的那一幕，他們的愛讓生命重燃活力。嗯，來赴約的女士會是梅莉史翠普吧！

有一位小男孩突然奔向鴿群，鴿子一哄而散，有幾隻朝我的面門飛來，使得我從幻想中驚醒，慌張得急忙用手護臉，想不到打落了這位男士的花束。我連忙拾起還給他，他不捨的檢視弄傷花瓣的玫瑰花。我尷尬極了，向他道歉，他只笑笑，揮手示意沒關係。

我走去參觀建築大師高第的兩棟建築「巴特由之家」和「米拉之家」，這條感恩大道（Passeig

de Gracia）的路旁也排滿花攤，眼眸又被另一位花白頭髮的紳士所吸引，他站在花攤前，為身旁的女士選購玫瑰花和麥穗，買完後居然沒送給女士，自己拿著花陪著女士往前走。這讓我很納悶，不禁跟在他們的後面。

他們來到書攤前，女士選購了一本書，男士把花束送給她，吻了她的額頭，女士則送給男士這本書，親了他的臉頰，兩人就相擁對視。

這麼浪漫的互贈禮物過程，買禮物也這麼用心，我不禁想起美國作家歐亨利的《麥琪的禮物》，小說中的這對貧困的夫妻，各自犧牲了自己最珍貴的東西，選購對方最需要的東西當禮物，丈夫賣掉錶為妻子買梳子，妻子賣掉長髮為丈夫買錶鍊。貼心的情意多感人呀！

也許只有在這兒才看得到情人在街頭互贈禮物的鏡頭，因為四月二十三日也是世界兩大文豪莎士比亞和塞萬提斯逝世的日子，聯合國教科文組織也把這一天命為世界書香及版權日（World Book & Copyright Day），讓聖喬治節結合了愛情與閱讀，巴塞隆納的街頭瀰漫情人間的花香與書香。花香代表情愛，書香代表智慧，感性與理性彼此交融，更能敦厚情人身心靈的相知相惜。

走回加泰隆尼亞廣場，廣場的鴿群還在，沒看到拿花束的這位男士，以為他的情人已經來赴約了。哪知他還在臺階旁的噴水池，俯身用右手掬起一掌水，將泉水灑向玫瑰花朵。

怎麼了？他是擔心玫瑰花失去潤澤，需要泉水的滋潤嗎？是我多慮了，水池的柱子有邱比特的塑像，這朵玫瑰沾有天使加持的愛情水，一定能讓有情人終成眷屬的，也許他的情人也買好書正朝著他走來呢。

——二〇一九年四月二十七日刊於《中華日報》副刊

波多的擦鞋老童

那天行旅葡萄牙的波多（Porto），來到市政廳前的自由廣場，參觀路旁那間網紅的帝國麥當勞（McDonald's Imperial）後，我在店門前的活動棚下閒坐。

這時候有一位老人家從店裡走出來，被邊講手機邊走的人撞了一下，手捧的紙袋掉在地上。我趕忙跑過去幫他撿起來，所幸袋子裡的食物沒有掉出來。

老人年紀很大了，頭髮稀疏斑白，眉毛也都發白了，清癯的面容咧咧乾癟的唇，對我說了句葡語「Obrigado（謝謝）」就往聖班托車站的方向走。

他弱不禁風似的，挪動兩隻褐色鞋子，一腳一腳的在石板路上緩慢移動。我不禁盯著他的步伐，不捨的看著他的背影，他的背影在林蔭道的人群裡隱隱現現。油然我想起朱自清的〈背影〉，文裡描述父親如何吃力的攀爬月臺，這模樣一直讓我難以忘懷，導致我搭火車時，常情不自禁的張望車站，試圖捕捉這樣的圖像。雖然明白臺灣這個年代，不會再有像一九二五年南京火車站親人送別的景象，也難有跨越軌道、攀爬月臺去買東西的情事發生，但心窩所甕的朱自清父親背影，已釀成時時可掬飲的親情醇酒。

臨別的親情流露本是自然，然朱自清見其父背影，淚流沛然如江河決，實因這淚水裡包含了感動、不忍與不捨的情愫。感動父親對其所作所為的疼愛，不忍父親變賣典質、借錢辦母喪，又失業閒賦在家，需到南京謀事的困境；而父親蹣跚地走、慢慢的探身、費勁的攀爬……等的老衰身影，更讓他心生不捨呀！

背影不只是一幅靜態的畫面，背後藏著這個人的人生境遇；對我，看背影，是看在眼裡存在心底，經悲憫情懷發酵的映像。人群中，老態龍鍾、舉步維艱的長輩，常是我所關注的焦點，眼神也會不知不覺的跟隨陪伴。

而這位老人家的背影跟朱父的略異：朱父穿黑布大馬褂、肥胖身軀跨越鐵道，而他著黑夾克、痀僂高瘦身軀踽踽而行。朱書寫的是濃郁的父子親情，我眼眸頓生的是世間人情。老人家身世為何？境遇如何？為什麼會在此獨行？

我正想著，突然他在路中的一個木箱子上坐定，把紙袋放在旁邊的硬板上。他的前面有一張椅子，有一位鬢髮生霜的男士坐著，正無視於周遭的嘈雜，把書攤在翹高的大腿上，聚精會神的閱讀。

老人家把男士的右腳抬起，放在他前方的一個矮凳上，拿起布條擦拭男士的黑皮鞋。這時我才驚覺這老人家不是遊客，不是流浪漢，不是遊手好閒之人，他是一位工作者，擦鞋老童呀！

我的心情起了很大的轉折，情緒也複雜起來。這樣年高的老者當擦鞋童，也許是他坎坷的命運所致，但他仍然屹立於生活中，透過工作謀得一些收入，沒有乞憐於他人，值得我向他敬禮的。

午後的陽光篩落在這條人行道上，我瞧見他的臉頰越來越靠近鞋子，鼻尖快碰到鞋面了，身體快彎成蝦子形狀。是視力不好，需要這樣看鞋子嗎？還是因為長期這樣工作，造成的工作傷害？讓他的身子痀僂成這樣。我的眼眶潮濕了起來。

二十分鐘後得繼續下個行程了，我起身走向老人家。他的顧客擦好鞋子離開了，他拿出紙袋裡的漢堡吃著。我走到他的前面，拉起長褲露出登山鞋，說：「May I let you……」

老人家看到是登山鞋，笑了笑搖搖頭，他仰起頭看到是我，咧著乾癟的唇笑出了弧線。

——二〇一九年三月二十二日刊於《中華日報》副刊

舍夫沙萬的藍映像

在舍夫沙萬（Chefchaouen）餐後，老闆扯胖臉龐遞來名片，用中文說聲謝謝。我端詳名片，上面印有這座藍色山城的美景，心生歡喜就連同他的笑容，收納在我的皮夾裡。

有人說舍夫沙萬的每一個轉角都藏有讓人驚喜的風景。山城舊城區有許多房舍、器物遍塗藍色，的確變得非凡吸引人，但為何只是單一的藍色調，竟能讓人興起驚喜？

事實上藍色系不單只是一種色彩，少說也有二十來個。我查資料後再去欣賞，發現舍夫沙萬的藍由於深淺不一、鮮豔度不同，加上季節與陽光的變化，讓每面牆每個角落各有光譜風貌，宛如層疊的屋舍般飽滿了山城的彩度。

有關藍色系若要描述或分辨差異是困難的，但有幾種藍的命名讓我印象深刻。例如以花為名的薰衣草色、矢車菊藍、長春花色，因有花朵實物可賞，透過經驗就能聯想出；以人或組織為名的，如愛麗絲（第二十六任美國總統羅斯福之女）藍、哥倫比亞（哥倫比亞大學）藍、道奇（美國棒球隊洛杉磯道奇）藍，命名的背後都有故事，這使得藍不只是光的物理性質，也像生物有了誕生的履歷。

其中國際克萊因藍（International Klein Blue）的開發者，法國的藝術家克萊因（一九二八至一九六二）就曾以此色為核心主題，或是用來創作油畫，或是讓模特兒裸體塗抹後，行走、躺滾於畫布上，開創一系列單色作品，並成為這類畫風的先驅。由此觀之，舍夫沙萬看似單色系藍，實則富含了藝術面的素材展現。

人類對顏色的感受，當然不只由光的物理性質決定，還會受到周遭環境和心理等因素的影響，其間也有文化及個體間的差異。舍夫沙萬曾入選全球十大特色小鎮，深受背包族和部落客的青睞，這樣的藍還含有哪些迷人的元素？又為何塗藍，不塗他色？

位於里夫（Rif）山脈，海拔五百多公尺處的舍夫沙萬，是北非摩洛哥西北部的小城鎮，一四七一年建。里夫山脈橫貫摩洛哥北海岸，隔著直布羅陀海峽、阿爾沃藍海與伊比利半島對望，曾被迦太基、羅馬、拜占庭等佔領，八世紀初由里夫人建立內寇爾王國，是摩洛哥第一個伊斯蘭教政權，爾後又征服了伊比利半島大部分土地。十五世紀歐洲的基督徒逐漸收復失土，被驅逐的穆斯林與猶太人，逃離到里夫山脈落腳，舍夫沙萬因此人口大增，也帶來了安達魯西亞文化。

理解了這山城的歷史脈絡，若問為何把房子漆成藍色，有人說這兒是猶太人避難落腳處，猶太人喜歡藍色，漆藍表示不忘根；但也有人說，因為山城樹多蚊子多，塗藍可以減低被蚊子的叮咬；或說天空與海洋都是藍色，城市與天海同色，能給人舒暢祥和的感覺。種種傳說紛紜，都成為導遊在導覽時趣談的話題。

然而我更關心的是：藍色調為何能延續五百多年保留至今？這應該是當時居民的集體意識，並透過一代代傳遞下來的。請教在地的導遊，果然是居民們皆有共識，每逢幾年需自行粉刷，以保持藍牆的鮮豔。

隨後，我在新城廣場附近就看見有一個工人，忙著粉刷公共建築的圍牆。他拿刷子粉刷一段後，還會退後幾步審視，讓我想起馬克吐溫的《湯姆歷險記》，被阿姨罰漆圍籬的湯姆，為了避免同伴們的訕笑，油刷幾下就退兩步，如藝術家般欣賞自己傑作的這一幕。把粉刷工作藝術化、趣味化，也許是藍牆得以傳承下來的原因之一吧！

從廣場穿過紅磚拱門，就是舍夫沙萬的舊城區，這兒瘦瘦蜿蜒的巷道，高低起伏的石梯路，沒有車輛來往的橫行與喧囂，也沒有一般風景區小販的糾纏跟隨，心情自然而然的放鬆，感官知覺更清醒靈敏起來。

有別於地中海沿岸的城市，如西班牙的米哈斯（Mijas）依山臨海，白牆紅瓦，街巷寬暢，海風陽光皆興旺活躍；舍夫沙萬離地中海雖只四十多公里，但依山背海，在氣候與建築上則屬於深沉恬靜。

若跟基隆嶼對望的山城九份相比，由於都有高低錯落的房舍，沿小徑迂迴盤旋、踩石階拾級而上，眼睛跟隨每個階梯，不同的陰暗構圖成趣。在九份，潮濕蕨草攀附梯縫，綠意盎然讓我萌生之喜；在舍夫沙萬，流瀉梯面、牆壁的陽光，灑下一瀑布流淌的藍，則使我頓覺雀躍。

相較於摩洛哥的大城市，舍夫沙萬雖只是幾萬人的小鎮，但因地處地中海周邊，歷經歐非不同民族的治理，族群文化間的交融頻繁，當地人對外國人都較為友善，這也提高了各國旅客的興致。

轉過一條小巷，我瞥見有位紮頭巾的女士，正和穿橘色T恤的男士交談，瞧他們互動的舉止神情，應該是戀人的異國之旅，我忍不住把這洋溢的浪漫，嵌在畫面裡拍下來。

我發現藍的風情萬種在這兒不僅是主角，也成就了其他色彩。走了幾步，路旁小攤的香蕉、百香果、草莓、橘子都因此顯得更鮮豔，而我熟悉這些水果，不禁想起萬里路外的家鄉臺灣；又走了幾步，藍巷子披掛的花卉、毯子、披肩、飾物，這些物品也因此顯得色彩繽紛，豐饒了滿目。

我吹著口哨漫不經心的走，望見山城的天空還有瓜架藤爬，篩落地板的影子搖曳，就把舍夫沙萬的藍，用三D體、有機類模式，映像在心版。

——二〇二〇年三月二十八日刊於《中華日報》副刊

琴鍾阿爾罕布拉宮

新冠肺炎病毒擴散，歐洲幾個觀光大國疫情嚴峻，西班牙便是其中之一。為了防疫大都宅在家上網，無意間看到一齣以古典吉他名曲〈阿爾罕布拉宮的回憶〉為名的韓劇，好奇之下點閱觀賞，這也勾起我阿爾罕布拉宮之旅的回憶。

這部由玄彬擔綱的韓劇有十六集，前年劇組到西班牙的格拉納達取景，獲得當地政府的大力協助，據說拍攝的相關戲份就佔有六集之多。阿爾罕布拉宮究竟有何魅力，讓他們遠渡重洋來拍片？

〈阿爾罕布拉宮的回憶〉吉他曲是西班牙吉他演奏、作曲家泰雷加（Tárrega，一八五二至一九〇九）一八九六年創作的，從此風靡全球流傳至今，廣受吉他喜好者青睞，並當為經典學習。

泰雷加被譽為「近代吉他音樂之父」，他定調了吉他演奏的標準姿勢、開發許多演奏技巧，包括大小鼓奏法和顫音法，當今大半的古典吉他名曲都是他的創作，諾基亞各型號手機的預設鈴聲「諾基亞之歌」，就是採用他〈華爾茲舞曲〉某小節的旋律。

吉他，六弦琴，十九世紀初外觀演變成現今的樣子。在我的年輕時代，穿牛仔褲、帶著吉他去流浪，是男生最豪邁的憧憬。讀師專那年我和吉他結緣，一年級開始每班就成立國樂社團，當年父親也給我買胡琴的錢，但卻被我拿去買了生平的第一把吉他，大概是覺得它的外型比較曼妙吧！

男生加入國樂社有學長教導，又能和女生班的女生交往，而我只靠吉他教本自學，偶而興起在寢室自彈自樂。夜闌人靜時彈瀧廉太郎的〈荒城之月〉，雖不知歌詞何意，但在絲弦振動間孤月荒城的景象浮現；而，古賀政男的〈酒は涙か溜息か〉呢喃泣訴的旋律，讓自己彷彿經歷了一場纏綿悱惻的愛情，感覺我彈吉他是在享受這種淒美的孤獨。

後來我去讀彰師，大三時吉他社長突然跑來，請我接任社長。吉他社是工教系創設的，社長大都由該系三年級生擔任，這次是接棒斷了層。盛情難卻下，我勉強允諾。吉他社有三四十人，分古典和民謠兩組，其中有幾位社員會彈奏佛拉門哥，這源自西班牙安達盧西亞區的樂曲具有強烈的節奏，常伴隨歌舞呈現，吉他的演奏技巧很繁複，讓我見識到吉他音樂的豐美。

有一個黃昏我路過語教系，教室傳來這首動聽的〈阿爾罕布拉宮的回憶〉。探頭一看，是社員荻娟在準備期末「大學吉他社聯合演奏會」的節目。長髮披肩的她閉著眼沉浸其中，纖細手指飛舞，音符宛若珠落玉盤，功夫真是了得。

從小她就學吉他，現在也修西班牙文，以後想去格拉納達探望阿爾罕布拉宮。她說：「這曲子是泰雷加遊阿爾罕布拉宮有感而發寫的。每當我彈奏時，腦海會試著去感受泰雷加當時的心境。」

這件事給我很大的啟發，之前我只照譜彈，從沒想過需要和作者連結。事實上了解作曲的動機與背景，才能深入作者的心靈，詮釋曲子蘊含的內涵。究竟阿爾罕布拉宮給泰雷加什麼樣的撼動？泰雷加在這首曲子裡傳達了什麼？這延伸的遐思從此宛如瓜藤，攀著這首曲子爬上我的心田。

二〇一八年我終於來到格拉納達，這座城市在西元七一一年被摩爾人佔領，一四九二年西班牙女王伊莎貝拉，打敗穆罕默德十二世博阿布迪奪回，終結了摩爾人在伊比利半島七百多年的勢力。

那天在冷風中，我眼見了聳立在城市東方山丘、摩爾人在一三五八年建造完工的阿爾罕布拉宮，紅色砂岩砌築高牆裡的清真寺、宮殿和城堡極為宏偉，內部裝飾細膩精緻，庭園景觀設計巧奪天工。我靜默佇立試著像荻娟一樣去感受泰雷加的心境，而爬在心田很久的遐思也蔓延而出：

泰雷加是在這兒望著夕陽下的阿宮，感慨萬分寫出這首曲子，主旋律都用顫音呈現，綿綿的抖音有如心情悸動，是在描寫博阿布迪爾的挫敗和不被諒解的哀傷嗎？

博阿布迪因為不捨得阿爾罕布拉宮毀於戰火，於是無條件讓渡，臨別還為此掉下眼淚，卻被其母痛心地斥責：「你哭得像個女人，只因為你沒有像個男人一樣保護我們的國家。」泰雷加應該是理解與同情博阿布迪爾的眼淚，創作的這首曲子才會潛伏著哀傷不捨的基調。

阿爾罕布拉宮易主成了廢宮，內部裝飾多處遭人破壞，十六世紀查理五世拆毀部分改建仿文藝復興時代風格，一八一二年拿破崙入侵時部分被破壞，一八二八年地震毀損後進行修復。一八九六年四十四歲的泰雷加來此，看到這座阿宮會回憶什麼？景觀的改變或是世局的變化？

伊莎貝拉收復格拉納達的那年，資助哥倫布揚帆出海，開啟西班牙的海上霸權，但要求所有居民皈依天主教，不願接受洗禮的摩爾人、猶太人和吉普賽人逃往鄉下或山區，在顛沛流離中逐漸形成了佛拉門哥獨特的藝術。

那天晚上我在格拉納達的地窖演場，觀賞吉普賽人的佛拉門哥，吉他樂響起蓬鬆褶裙的女郎隨節奏跺腳，時而高亢時而嘶啞的歌聲，載著我駛進歷史長河，來到一八九六年的阿爾罕布拉宮，那時候泰雷加正在譜寫我最有感的這首〈阿爾罕布拉宮的回憶〉。

泰雷加一八八六年的〈阿拉伯綺想曲〉寫出摩爾風的綠洲甘美與沙漠，這次他用A小調三／四拍子，行板速度開頭，譜奏阿爾罕布拉宮歷盡滄桑的回憶：王朝江山興衰更迭、宗教種族恩怨情仇。

「物換星移幾度秋，浪淘盡千古人物」音樂家泰雷加圓滿了自己對阿爾罕布拉宮的緬懷，而我這趟從臺灣來此鍾情探望的遠行，也圓滿了自己幾十年來一睹「泰雷加的阿爾罕布拉宮」之夢。

——二〇二〇年四月二十五日刊於《中華日報》副刊

白色風車村風雲再起

《紙房子》（La casa de papel）第四季第二集，主謀「教授」聽到和他一起逃亡的愛妻「里斯本」遭槍殺的聲音悲痛萬分，之後強忍哀傷聯絡「馬賽」扮演德國童話哈梅林（Hameln）的吹笛人，引開正在搜捕他的大批軍警，得以順利脫困。

馬賽駕車接應教授時，發現他神情呆滯，就對他說：「如果你想跟我分享感覺，說出來沒關係。」陳述自己曾目睹那隻相依為命的小狗帕姆克，被不良少年用石頭砸死，了解「在你愛上她之後，卻在你面前被殺死」的心痛。教授聽了想起和愛妻的往日情懷，沉穩冷靜的他終於忍不住嚎啕大哭。

教授真情流露，哭聲顫動了我的心弦，看似粗獷的馬賽卻善解人意，引導教授釋放被壓抑的悲傷，也讓我由衷感佩。觀賞現今當紅的這部影集，我有許多像這樣的感觸，好想寫出來分享，但卻有點猶豫。

這部西班牙影集由網飛取得全球播映權後，迄今播放到第四季、兩個故事：第一則敘述一位自稱教授的飽學之士精密策畫，找來八位以城市名為代稱的亡命之徒，戴上西班牙畫家達利臉譜的面具，佔領馬德里的皇家鑄幣局，藉著和情治單位鬥智鬥法之際，謀得了寶貴的十一天時間盜印二十四億歐元，最後完成竊取目標；第二則仍由教授指揮，替換幾個新角，佔領西班牙銀行，目標在盜取銀行庫存的黃金，第四季的最終集眼看就要成功之際，不料又殺出一個程咬金……

每一集的劇情都是高潮迭起，角色性格鮮明、內在與外在的衝突不斷，處處充滿情緒的張力，播出第三季就成為這平臺最受歡迎的非英語影集，不僅吸引像我這樣喜愛看好戲的人來追劇，聽說連擅長撰寫恐怖奇幻小說的暢銷作家史蒂芬．金（Stephen Edwin King）也曾在推特上表達懸念，還追問何時會推出第四季。

照理說好戲應該多多分享觀賞心得，然而「這是以盜賊為要角的戲，好嗎？」總在無意間浮現在我的腦海。

若闡述教授的有情有義或馬賽的高層次同理心，會不會讓讀者覺得是在美化他們？若析論盜賊「用不傷害人質與警員生命當戒律」，以及「自己印鈔票，不搶銀行的錢」，會不會被認為是在混淆讀者的道德觀？

我之所以這樣猶豫，跟少年時代未能演出的《愛的勝利》舞臺劇有關，這件事埋藏已久，偶而就會跑出來干擾我的思緒。

那時學校每學期都有一場晚會，節目由各年級輪流提供。輪到我們出節目，班代選泰國的「愛的勝利」這則民間故事：有位將軍娶妻後，發現婆媳不和，常常互相告狀，讓他左右為難。有一天戰事吃緊，他出征前夕，兩人都來要求他臨走前殺死對方。將軍答應等他回來後處理，不過她們這段期間必須要善待對方。一個月後，將軍得勝歸來，拔劍要履行承諾時，婆媳都趕緊為對方求饒，因為她們已建立真摯情感了。

班上請來學姊指導演員演劇，角色服裝與化妝、背景和道具都準備好了，排演也緊鑼密鼓中。

「不能上演了。」有一天，班代從導師室回來沮喪的說。

很多人不解，問：「誰說的？為什麼？」

「導師，說什麼我們這齣戲要殺死母親。」

我大聲說：「那只是劇情呀！」

「導師很生氣，五月是慶祝母親節的晚會，偏偏要演殺死母親的戲，讓他很沒面子。」

「但主題是愛的勝利！難道他們不懂藝術嗎？白雪公主的後母派獵人把她帶去森林殺死，還要摘下她的肺和肝作證，他們怎麼不說？」

我嚷得脖子粗起來，很多同學也附和：「對，要去抗議！」

大家義憤填膺，但被問誰去時都沉默下來。之後，這個節目取消，換「跳兔子舞」。這件事直到畢業再也沒有人提起，而我把它埋在心裡等待解惑。

要解什麼惑才能完形不會再來干擾我。去追問導師為何嗎？走過這段漫長歲月後，我該理解，處在思想被嚴管的時代，導師也許是為了保護我們。

埋在心裡的不只是對他人的疑惑，還包含對自己的疑惑：為何自己沒去跟導師抗議？那時代十七歲的孩子去挑戰師長的威權，是需要儲足一座山的勇氣的。當年我沒去，但我至少還留有這顆種子。我為自己辯解，感覺釋懷多了。

這部影片出現了西班牙孔蘇埃格拉的白色風車村，唐吉軻德大戰巨人之地。脫困後的教授和馬賽全副武裝騎黑色重機奔馳，穿梭在拉曼查山丘的小徑，揚起了陣陣煙塵，旁白：「騎士和他的隨從屢敗屢戰，在這場勝算渺茫的戰爭裡繼續前行……」

我覺得導演安排這幕場景是有隱喻的：從十七世紀初塞萬提斯筆下這位痛恨被壓迫的幻想騎士唐吉訶德，連結到二〇一一年馬德里太陽門廣場，年輕人要求民主的搭帳篷示威，再銜接本劇教授和一群生存被剝削者的自力搶劫救濟，都是在傳達受害者對宰制者各式各樣掠奪的覺醒，並付諸行動的反抗。

這影集除了刻劃親情、友情和愛情，探討同性戀、單親寄養等社會議題外，還有一條「起身抵抗不公義」的伏流。影集膾炙人口的插曲〈Bella Ciao〉，聽聞這是二戰時義大利游擊隊員抵抗敵人侵略所作，在和愛人道別時，說：「如果我打仗死了，把我埋在山上，我將死在花影中，以便日後人們記得這是為自由犧牲的美麗之花。」而教授的祖父曾是游擊隊員，經常唱這首歌給他聽，從小就這樣播下「抵抗」的種苗吧！

穿紅色連身衣帽打扮成搶匪模樣的歌手，唱著這首歌使得我熱血澎湃，鼓足一座山高的氣概，飛快的敲鍵盤寫下：「這一天我在白色風車村，目逆而送教授和馬賽的重機前來又遠去，彷彿看到唐吉訶德和他的僕人再度出征，這不屈的騎士在崩壞的世界中重整旗鼓，即將風雲再起……」

——二〇二〇年六月十九日刊於《中華日報》副刊

船行直布羅陀海峽

從西班牙的阿爾赫西拉斯（Algeciras）搭渡輪橫渡直布羅陀海峽，前往摩洛哥的坦吉爾（Tanger），船程約需一個半鐘頭。渡輪沒有劇場或商品店可供休閒娛樂，這段時間待在船艙裡，除了看海還可以做些什麼？

船起錨了，我走去販賣部，偌大的飲食區擺有許多張餐桌，只有寥寥幾位顧客用異國語言聊著天，我買罐啤酒找個靠窗的位置，獨享這扇窗景的直布羅陀海峽之旅。

渡輪駛離碼頭，海面迅速地寬闊開來，視線恣意的馳騁。在窗子裡逐漸遠去的那幢黑影，可不是被稱為海格力斯之柱（Pillars of Hercules）的直布羅陀巨巖（Rock of Gibraltar）嗎？

昨天登上這座海拔四百多公尺高的巨巖，觀賞聖米蓋爾鐘乳石洞、野生的巴巴利獼猴後，我站在觀景臺遠望，盼望能看到對岸的非洲風光，甚或找到休達（Ceuta）雅科山的海格力斯南柱。可惜天公不作美，雲煙塵霾作祟都未能如願。

從船上遙望這座巨巖，感覺雖少了從地面仰望的宏偉氣概，但其佇立海面的姿影，宛若仙石般的撩人遐思。巨巖的誕生不論是從地質、水文說或是傳說，都是很有故事感的：

大約在兩億年前，恐龍稱霸陸地的侏儸紀時期，非洲板塊撞向歐亞板塊所形成的，當時地中海成了內陸海，曾被蒸發見底，直到五百多萬年前，大洪水和塊板塊斷層作用下，大西洋的水通過直布羅陀海峽湧入，地中海才有了現今的海水。

有趣的是由於地中海夏季高溫、降雨量少，使得鹽度高，而其海面比大西洋低，因此直布羅陀海峽表層的水是向東流，由大西洋流向地中海，而四百公尺以下的則是向東流，由地中海流向大西洋；若從水量來看，大西洋通過海峽流入地中海，多於地中海流入大西洋的。

這種物理現象超乎我所能的理解，望著粼粼波光的海面，再怎麼的認真看，也看不懂水流方向，更何況要去辨別海面的高低，然而想起二戰期間德國潛艇就運用此種現象，躲過海峽的雷達偵測，讓盟軍艦艇設施遭受嚴重的破壞，不禁興起「看似平靜無波，卻是暗潮洶湧」之嘆！

臨行前學妹M說：別小看地中海，它可是孕育了古埃及、希臘、羅馬的文明，培養出達伽馬、哥倫布和麥哲倫這些探險家。又說我喜歡聽故事，這地區有許多神話與歷史故事流傳，豐富得夠我陶醉半天。

的確，翻閱希臘神話，殺死九頭蛇的半神英雄海格力斯，在執行牽回巨人革律翁牛群任務時，雙腳踩在歐洲和非洲土地上，其下就是直布羅陀海峽；另外，執行摘取赫斯珀德斯的金蘋果，路經肩扛天體的阿特拉斯因看到蛇妖美杜莎的頭所化為的石頭山，他為排除障礙就將其一分為二，變成海格力斯之柱，開通了直布羅陀海峽。另有一說，海格力斯是收窄了直布羅陀海峽，阻擋大西洋的水怪進入地中海。不論如何，他除掉許多怪物守護生靈，難怪會博得凡間的景仰。

船頭由南轉向西，石灰岩頂的巨巖漸漸淡出窗子，渡輪進入直布羅陀海峽，這條長約五十八公里，最窄處僅十三公里寬的水域，不僅是歐洲海上貿易的生命線，亦是列強設法布局的戰略通道，其周邊部分土地的歸屬，至今還存在西班牙、英國和摩洛哥間的爭議。

何其有幸，來到地球最著名的海峽，我冀望駛進歷史的長河，像溯溪般沿途找尋存在記憶裡的故事，挪回望窗的眼眸，將琥珀色的啤酒倒入透明杯，把這微苦的淡香順著舌尖濕潤喉頭，讓它宛如張開想像的風帆蓄勢待揚。

接著拿出筆記簿標出所在地，先劃伊比利半島的南端、北非摩洛哥的海岸線，再記號這幾天去過的城市：米哈斯、龍達、阿爾希拉斯、英屬直布羅陀，以及到達北非後即將去的城市：塔吉爾，舍夫沙萬、梅克尼斯、菲斯、卡薩布蘭卡；接著寫上兩個要角：地中海和大西洋。

我凝視這張手繪的地圖，感覺海洋裡的生命都甦醒了。海格力斯之柱在西元前十四五世紀的腓尼基人眼裡，那是是世界的極限，再過去的大西洋是魔海，船駛到那兒就會被吞噬。

希臘神話裡腓尼基人眼裡的海格力斯之柱，對後人有何影響？它象徵保護力量，但也標示了地理的極限，對探求真理新知的人來說，是一道無形的巨牆，這需要大無畏的勇氣與志向才得以翻越。

贊助哥倫布橫渡大西洋的伊莎貝拉女王，她外孫神聖羅馬帝國皇帝查理五世，把海格力斯之柱當皇家徽章，並寫有拉丁文「Plus Ultra」，意為「走得更遠」最富啟示性。原先海格力斯之柱是已知的世界盡頭，刻在其上的銘文是「Non Plus Ultra（此處之外，再無一物）」，據說查理五世年輕時就聽從智者建議，把「Non」去掉，留「Plus Ultra」當座右銘，這也造就了他日後成為西班牙日不落帝國時代的揭幕人。

雖只增減一字卻反映了一個人對世界、對自己有截然不同的看法與期待，而後所衍生的人生觀、哲學觀與生活的境遇，自然會因此大有差別。

起風了，船顛簸前進，大西洋的浪花舞動得很起勁，我望向右側遙遠之處，那兒有哥倫布首次出海探險的帕洛斯港，十五世紀的人們靠桅杆帆船，與魔海搏鬥來探尋世界的輪廓，是多麼艱鉅危險的任務。

想起哥倫布首航回程時，在大西洋遇到暴風雨，雷電巨浪大雨狂襲，他要水手們綁在桅杆上求生，感嘆花心血才發現新島嶼，若這樣就死去，讓偉大的發現石沉大海實是心有不甘，於是解開繩索冒險跑進船長室，在羊皮紙上寫下報告書，放進密封的酒桶擲入海裡，試圖向世人傳達這珍貴的訊息，可謂用心良苦。

而今隨著各領域科技的發達，搭機船環球已輕而易舉，人們大都失去探索世界地圖的動機與興趣，所幸希臘先哲柏拉圖在《對話錄》裡，提到公元前一萬年左右，海格力斯之柱對面有一座城市亞特蘭提斯（Atlantis），突遭洪水地震侵襲一夕間沉入海底。

亞特蘭提斯是否存在？又是怎樣的一個國度？這傳說流傳二千五百多年，當今有諸多電影、動漫都以此為題材，讓人們保有探索未知世界的好奇與樂趣。而我，當渡輪緩緩駛進坦吉爾港口時，仍在凝望海面遐想這個謎題。

——二〇二〇年十月十三日刊於《中華日報》副刊

西藏行旅掠影

昨日雨後曬書，重讀晴天的《誤闖西藏的輪迴》，不免憶起七年前的西藏行，諸種風情猶歷歷在目難以忘懷。

認真說，這趟西藏之旅可是好多個因緣加總所促成的。

若不是十四年前在臺南大學辦的研習會上，能巧遇筆名晴天的林湘萍，又蒙她贈送這本簽名書；西藏這個在許多人心裡想了千百次的香格里拉，也只是個遙不可及的神秘國度，我連想都不曾想過「可以去」。

初見林湘萍，對她那奔放的生命力、勇敢追尋想要、年紀輕輕已兩度獨闖西藏，欽羨不已，也起一遊心念。這心願直到考取華語領隊和導遊證照後，隔年又巧識邊疆旅遊達人李思瑜，在她安排下加入由修行人組團的「西藏雪城十二日旅」，而得以實現。

二〇一四年去西藏比林湘萍那年代去顯然容易多了，主要是青藏鐵路二〇〇六年全線開通後，西藏遊客日益增多，觀光業興旺，交通食宿更舒適便捷；旅遊局重視旅客安全，除規範車速、乘坐人數，還加派公安人員隨車服務。

由於西藏高原平均海拔約四千公尺，一般人還是會擔心引發高原反應適應不良症，望而卻步或忐忑不安。我們先在低海拔的林芝地區遊覽，住宿充分休息後，隔天搭車前往四百多公里外的拉薩，慢慢適應高海拔的氣壓與稀薄空氣，幸運的，全程只有兩位團員在米拉山口、日喀則身體略有不適。

這次行程豐富包含三大聖湖、魯朗林海龍王谷、南迦巴瓦峰、尼洋閣、巨柏王、秀巴千年古堡、米拉神山、甲瑪王宮、布達拉宮、大昭寺、八廓街、龍王潭、羅布林卡、卡洛拉冰川、白居寺、江孜宗山古堡、札什倫布寺、羌塘草原、那根拉山口、沙拉寺辯經、庸布拉康、桑耶寺、青藏鐵路之旅……等。

林湘萍二〇〇二年搭貨車、徒步跋山涉水；背包客、苦行僧式移動；三百多天與這塊土地和居民緊緊相融，收穫與啟示自然會比搭寬敞座位的中巴，精選景點景區參觀遊覽的十二日遊，要來得豐饒與深沉。然而，我珍惜來之不易的因緣，除臨行前盡量做足功課，沿途不忘獵取鏡頭，雖是走馬看花的浮光掠影，晚上抽空書寫感受時，卻覺得每幅畫面都溫度起來，例如：

「布達拉宮 Potalaka！bo da la！」松贊干布為迎娶文成公主所開啟的故事，一千三百多年後的我終於有一天來到故事裡，瞻望這座矗立在紅山、氣勢雄偉非凡的宮殿。我走之字型蹬道，逐一和靈塔、佛殿、經堂、僧舍打照面，沿途碰到許多人：有金髮白膚的、有攜家帶眷的、有揹東西上去粉刷的，還有那對在林芝機場碰到說他們每年都來參拜、家住北京的夫妻。夜晚跑去拍攝布宮的倒影，一條地平線劃開兩個金碧輝煌，鏡花水月中我努力去搜尋我的前世今生。

八廓街，拉薩最古老的街道，松贊干布和文成公主遷徙拉薩建造大昭寺後，信徒們就圍繞大昭寺轉經輪，繞呀繞轉呀轉的走出這條轉經道。這一天西藏的太陽把石板路上人群、遠山、商店的影子，還有我的崇敬眼神，都照進古老神祕的畫框裡。應該不是眼花，地面上居然有許多腳印，虔誠所留下的隱形腳印。

大昭寺廣場酥油香氣瀰漫，誦經聲響梵唱，許多人千里行來，素衣已塵厚，老態更顯龍鍾，放下陪行的包袱，在釋迦牟尼佛大殿前，屈身、雙膝跪下、全身伏入、額頭磕地、起身再叩拜；從七世紀以來，信眾就用身體丈量，測量離佛陀多近了，一年年的參拜、一次次的磕頭所留下來的叩痕。我凝視凹下的青石板，那是人類敬天謙卑的印記。

羅布林卡藏語「寶貝園林」具四季風情，歷代達賴喇嘛的夏宮。我喜歡園裡的「達旦明久頗章」，意為永恆不變宮，冀望世間的親情友情和愛情能亙古不變；更喜歡園外這片的鵝黃，路旁的樹形枝狀、葉黃葉落，搭配圍牆的黃、人們生活的跫音，這般鎖住原型秋景的意境，如果有人問秋長得如何，我就拿這張給看。

去過西藏的人，到底為何而去？去了之後，留有什麼感受？林湘萍說她那年去西藏是全然一無所知，故無所求的，回來後卻有滿滿兩百多頁的圖文，字裡行間又埋有引人遐思與思索的命題。而我重讀她的書，重溫自己寫下的每張掠影，在魂縈夢牽、時光變遷的空隙中，用心找尋某些可能被遺落，或可以被彰顯的東西。

——二〇二一年十月十三日刊於《中華日報》副刊

大馬太平湖畔的雨樹

馬來西亞的太平經常下雨，長年煙雨的濕涼潤美了城市容貌。不只我，去過那兒的人大都會戀戀太平湖和湖畔的雨樹；而我眷戀的除了景物的風情，還有在心田裡攀爬的親情。

午後天空烏雲蜂擁，沒多久雨花就蹦蹦跳，又叫我想起這座離檳城一小時車程的雨城。

「太平今天有雨嗎？」我打手機問，大弟阿發笑著回應：「照三餐落，現還打雷，雷聲會傳到你們那裡哦。」說來奇特，大馬的太平和臺南相距三千多公里，卻同時區，沒有時差。「大概是天空的雲相連吧」有一次我開玩笑說，阿發把它記得了，就常拿來當話頭聊起天。

近來我有點擔心大馬的 COVID-19 疫情。阿發安慰我說他已打兩劑疫苗，工廠雖暫停工，但公司還挺得住。兄弟中阿發最像父親敢衝敢闖：自幼失怙的父親送過報紙、當過保警、養過牛蛙、做過針織代工，還到竹北經營旅社；阿發高職畢業就出外打拼，做壁紙、賣碗粿，最後在桃園的鼓紙廠做模具，二十多年前公司去太平設廠，從此臺灣大馬兩頭跑。

我常去太平作客，爬上太平山頭鳥瞰西海岸線、漫遊山腳下的太平湖，這座湖原是採錫之處，廢礦後成為大馬的第一座湖濱公園。太平舊稱「拉律」，以產錫聞名，十九世紀華人就到這兒採礦，後因幫派爭鬥，死傷慘重，英殖民地政府就把地名改為太平，祈求永久和平之意。

物換星移，百年後事件現場已被盈盈湖水所取代；只是，每每想起華人離鄉背井，在異國爭生存求溫飽可不是件容易事，你望望阿發、望望湖，總是投下深沉的一瞥。

兄弟一年多沒見面，有雨的日子，太平湖畔的雨樹最讓我懸念。

雨樹是含羞草科，每當太陽下山時葉片會閉合，翌日重新開展，葉間的積水會像雨般落下。我喜歡它詩意的英文名「Rain Tree」，名副其實的下雨樹；也喜歡它生活化的馬來語「pokok pukul lima（五點鐘樹）」，下午五點樹葉會閉合的下班樹。

我見過橋頭糖廠園區、臺南孔子廟裡高大的雨樹，在太平湖畔乍見這數十株的百年雨樹，則更讓我眼睛一亮：每棵樹冠像把撐開的雨傘，壯碩的樹頭需兩人合抱，枝葉綠意葱蘢生機盎然，靠近湖的這一側樹枝，伸長手臂跨越兩線道馬路，末端枝葉垂低探向湖水，像是不曾忘記與水有約似的。

我喜歡流連在雨樹的綠隧，從阿發的宿舍走，不消幾分鐘就到。在攤販中心吃早餐後，我們就會坐在湖畔的椅子上，邊聊天邊等候交通車。在他鄉相聚，總染鄉愁。有一天早上，太平湖籠罩在霧中，我們都憶及有關霧的往事：

「記得那臺三洋手提收錄音機嗎？我在龍潭服兵役，你撲著晨霧從樹林趕過來，我不捨你花這麼多錢，你剛出社會還在打工。」我跟阿發說。

「二波段的，怕大哥在部隊無聊，給你聽廣播學英文，準備高考或出國留學的。家裡最會讀書的人是你。」

「阿發，讓你失望了，這幾項我都沒達成，但這臺FM、AM仍可用，至今還留著。」

「現在流行復古風，價值不菲呢。」阿發說：「虎頭埤水面升起霧，那棵木棉花橙紅的花朵隱隱約約，彷彿在夢境中。」

「你讀國中，放寒假我騎機車載你，從老家麻豆騎一個多小時。說要去釣魚，就在新化買釣具。」

「回程時機車被碎石滑倒，害你摔破膝蓋，褲子破個洞不敢跟父親講。膝蓋的疤痕還在吧？」

「美麗的木棉花還在，過時的疤痕算是懷舊風。」

聊著聊著阿發突然談到未來：「父親年歲已大，我想存點錢買房子，讓阿爸住。太平的生活步調慢，華人多，講臺語嘛會通。」

「這要看阿爸的意願，畢竟老朋友都在臺灣。」

「那就先邀他們來太平玩幾天看看。買郊區的別墅，有院子和車庫的，以後兄弟們來此，就不必跟我擠宿舍……」

阿發公司的交通車來了，我起身跟他揮個手，凝望車子隱沒在這條雨樹隧道裡，感覺他像拓荒者又遠征去了。

雨淅瀝瀝的下著，電話那頭傳來隆隆的雷聲，還夾有流浪狗黑糖的吠雷聲，牠是阿發兩年前收養的。

我大聲說：「黑糖，我聽到了。」

「大哥，早說我們天空的雲是相連的。疫情和緩後，歡迎再來遊太平湖、賞雨樹哦！」

太平湖畔的雨樹是我在這兒最美的邂逅，不只雨樹的美，兄弟在樹下聊天時，心田有如寄生雨樹的鳥巢蕨攀爬著滿滿的親情。

——二〇二一年十二月十二日刊於《中華日報》副刊

洛卡岬之歌

學妹來我家時，我正在回顧幾年前的葡萄牙之旅。

她瞄了一眼平板電腦上的照片，漫不經心的問：「你喜歡葡萄牙的什麼？」

「恩里克王子、埃爾瓦什和洛卡岬（Cabo da Roca）。」我不假思索的說。

「哦，反應好快！我喜歡葡萄牙的葡式蛋塔、萊羅書店與花渡秀。」

「哈哈，沒有一項交集。」我打趣說：「大學雖系出同門，在這個題項上的差異卻很大呢！」

「跟性別、特質和境遇有關吧！有交集固然有好處，但我們把這些沒交集的，聯集起來好處就更多了，可增廣自己的見聞，不是嗎？」

她跟我要了一張A4紙在上面畫九宮格，而後把眼睛笑成彎月，說：「輕鬆一下，做個小活動，將喜歡這三項的原因寫在格子裡。」

我應了一聲「行」提筆就寫：恩里克王子創立全世界第一所航海學校、建造天文臺、造船廠，帶領葡萄牙實現征服大海的夢想；埃爾瓦什是葡萄牙邊境要塞，阿莫雷拉水道橋、格拉薩護城堡，防禦構築的典範；洛卡岬是大西洋海岬，歐亞大陸的最西端……

寫到這兒的時候，她插口說：「我也去過洛卡岬，這地方距里斯本不遠，山丘設有一座紅白色燈塔，懸崖邊矗立撫慰人心的十字架紀念碑，基座有個石碑刻著 *Onde a terra acaba e o mar começa*（陸止於此、海始於斯）。」

「這張就是，那天冷颼颼，遊客們還是耐心等著，輪流和石碑照相留念呢！」我秀出照片給她看。

「十字架石碑、紅白色燈塔、浩瀚無垠的海洋之外，其他並沒有什麼了。我和同伴們拍拍照就離開了。」

「旅客服務中心簽發歐亞大陸最西端到達證明書，一張五歐元，妳們去申請沒？」

「這證明書只證明到此一遊，又不是證明妳擁有什麼能力。若是打卡用途，還不如我們拍完照上傳到 Google 地圖分享大眾，也可增加『在地嚮導』的級分。」她攏攏秀髮噘噘嘴說。

「可是那兒是歐亞大陸的最西端……」我皺著眉。

「那又怎樣。」她轉頭看我，捉狹的問：「不然，這兒對你的意義為何？」

「千里迢迢終於來到古代傳說中的『世界的盡頭』，迎著咻咻叫的海風繞著景區走時，彷彿聽到海風說它們越過無邊無際的海面，走了很久很久才看到陸地，這裡算是『世界的開頭』，我就和海風為此爭辯起來。」

「有詩意，也很哲學味，但不管是世界盡頭或開頭，都是以當地人的觀點陳述的，然而地球早就被證明是圓的，不是嗎？」

她眼眸裡漾起異樣的光彩，讓我意識到：大學畢業幾十年後再相聚，她已非當年讓我牽著手走進迎新晚會會場，那個臉紅低語的直系學妹了。現在她顯得能言善道，又善於創造議題。

「五百多年前就都得到證明了，哥倫布向西航行尋找東方、麥哲倫船隊環球航行成功。學妹為何明知還問？」

「我不是來鬥嘴的，是帶自種的蔬果來分享的。」她從提袋裡拿出兩條絲瓜遞給我，啜了一口我端來的咖啡後，說：「因為對這個話題有感，才請教學長。」

「說請教，豈敢。許多事情由於個人的觀點不同，所獲得的知識和感受就有別。如果能彼此分享所得，無形中也擴充了自己的視野。」

「談到觀點，Age of Discovery 被譯為『地理大發現時代』、是歐洲人自我為中心來看的，事實上他們所稱新發現的島嶼和島民，早就存在地球好幾萬年。這種態度衍生了把發現的東西視為財產般的強取豪奪。」

「哥倫布發現美洲後，教廷為了避免葡萄牙和西班牙間的利益衝突，介入簽訂協議，還將世界劃分為二，給予雙方保教權，所以我喜歡把 Age of Discovery 稱『探索時代』，而且這也符合我的心性。」

「不錯耶。我覺得也比譯為『發現時代』好。發現，指陳那時代的成果；探索，是動詞，是對未知的求知，對我們更具激勵。」

學妹捧起咖啡杯喝，眼睛笑成彎月的模樣，讓我彷彿聽到心花綻放的聲音。好久沒跟人聊得這麼起勁了。

「瞧，這張照片裡黑髮女郎坐在石階上凝望大西洋，應該有一段時間了，那天我繞了洛卡岬景區一圈，回到氣象觀測站這邊，她還是這樣的挺直腰桿凝望大海，不動如山的坐著。」我指著照片裡的女郎。

「嗯，有許多人在那兒拍照，只有她面向大海坐著，除了凝望還閉著眼。」學妹端詳著，說：「是在聽濤聲，還是在沉思什麼？」

「她凝望大海和沉思的神態，吸引我拍下這一幕。回臺灣後我常凝視這張照片臆測：她是在感傷白雲蒼狗，還是要喚醒內心沉睡的什麼？由於心靈有了悸動，我寫了一首〈洛卡岬之歌〉。」

「唸來聽聽，讓我欣賞吧！」

「大西洋的狂風吹襲／浩瀚大海沒有盡頭／岸邊的燈塔亮著／鼓舞怒濤中的船兒／沒有勇敢沒有勇氣沒有夢想／生活與生命就會消瘦成枯骨／動身吧，陸地走到盡頭還有海／前進吧，海走到盡頭還有陸地」

「沒有勇敢沒有勇氣沒有夢想、生活與生命就會消瘦成枯骨很勵志，難怪你會喜歡富有冒險犯難精神的恩里克王子。進入社會後在現實中歷經打滾，年輕時代的熱情和理想幾乎消磨殆盡，我藉種菜、彈琴來滋養，不知哪天會消瘦成枯骨呢。」她來個抱拳禮，連聲說：「佩服，佩服。」

「學妹，客氣了。也許妳可以……」

「我猜你接續要說的是『把〈洛卡岬之歌〉作成曲』沒錯吧，『也許妳可以』是大學時你對我常說的用詞。」

我不好意思的摸摸頭，說：「我們兩人把詞曲聯集起來，好處就更多了，不是嗎？」

「哈哈！」她聽了超開心的，又把眼睛笑成彎月了。

——二〇二〇年七月十四日刊於《中華日報》副刊

在黑海的上空

飛機深夜起飛，航行了十幾個小時。

鄰座這位人高馬大的老外，吃完機上餐睡了一覺後，伸伸懶腰醒來，逕自掀開窗罩，一道陽光倏地搶進昏沉沉已久的機艙，白花花的亮了我的眼睛。哦，天亮了麼？

早在飛機飛越「裏海」時我的睡意全消，眼睛緊盯座位前的螢幕，專注地等著，等著看飛機進入「黑海」領空。

資訊顯示現在的飛行高度一二一九二公尺，時速九〇三公里。時間五點五十七分，預計七點四十五分抵達目標地阿姆斯特丹。

飛機是飛在黑海南端，靠近土耳其國界。在地圖上黑海的形狀像一隻張開翅膀的蝴蝶，因它的水色比地中海深黑而得其名，克里米亞半島就像一個鈴鐺般的掛在它的頭額上。

說來奇特，我不曾來過黑海這兒，不知怎的卻這麼惦念它。去年十月間國內電視臺不斷播報克里米亞大橋爆炸，橋面竄起了熊熊烈焰，黑色濃煙直衝黑海天空的畫面，讓我忍不住攤開世界地圖端詳，以便多認識這片陌生的海域。

想不到五個月後的這趟西歐行，桃園直飛阿姆斯特丹的航線會經過黑海，而我此時此刻就在這座海洋的上空，離它好近好近，真是奇妙。

我轉頭望向窗戶試著鳥瞰黑海，可惜，我不是坐在窗邊，從我的座位只能平視。陽光是從飛機右後方來的，機翼的金屬都爍著晶光，飛機下朵朵的白雲亦抹上色澤。「近水樓臺先得月」，黑海的天空亮了，海水也將隨之甦醒吧。

說黑海陌生，卻有幾位人物在我的腦海裡活躍了起來。若是時光回到一八五四年，托爾斯泰（一八二八至一九一〇）和南丁格爾（一八二〇至一九一〇）這兩位世界名人當年就是在黑海參與了「克里米亞戰爭」。

托爾斯泰在馬拉卡札戰役，率領砲兵擊退法國的攻勢立下戰功，戰爭期間他勤於撰寫報告和回憶錄，躲在被敵人包圍的陰暗掩體裡所寫的小說《十二月的塞瓦斯托波爾（塞凡堡）》輾轉傳到皇宮，俄皇和皇后看了都感動得流下淚來。

戰場的體驗成了他日後文學創作的重要素材，也啟發他對人性和社會正義的思考，倡導和平主義和非暴力的解決衝突方式，印度聖雄甘地深受影響，在南非工作期間以他為師，設立了「托爾斯泰農場」。

大概戰爭殘酷的景象，不時地啃著他那顆善良的心吧，一九〇一年他來克里米亞養病，有人看到他時常坐在海邊，雙手托著下顎凝望著黑海沉思。這位寫下《戰爭與和平》、《安娜・卡列尼娜》等曠世巨作的大文豪，晚年這般凝望黑海在回想些什麼呀？

來自英國上流社會家庭，出生於義大利佛羅倫斯，世人將她的生日五月十二日這一天訂為「國際護理師節」的南丁格爾。小學時讀國語課〈提燈天使〉，當時只覺得她是頗具愛心的女護士，年長後讀她的傳記大大吃驚，她不僅才智雙全、勇氣毅力與創造力強，護理的成就更是非凡。

克里米亞戰爭中她帶領護士為傷兵提供護理，關注傷者的健康和福祉，改進衛生條件、減少傷亡的方法，不僅提高了護理的地位和重要性，也促進現代護理與醫療的發展，她創立全世界第一所非修道院式的護士學校，成為現代護理的先驅。

一八五六年七月最後一批傷患離開醫院，她站在山頭俯視黑海，看到山丘上那片排列整齊的墓碑，想到這麼多沒有被救活的人，她的心頭一緊激動不已。

據統計克里米亞戰爭造成了七十五萬人的傷亡，這場戰爭都深深地影響托爾斯泰和南丁格爾的思想與志業。我很好奇他倆各屬不同陣營，在戰爭中或戰爭後不知有否相遇過？若是相遇，他們又會談論什麼呢？

這場慘烈的戰爭已經過去一百六十多年了，我怎麼老是感覺黑海與克里米亞的風雲詭譎，至今仍壟罩在槍砲聲的烽火陰影中呢？正胡亂想著，陸續有人拉開窗罩，陽光嘩啦啦地湧進來，許多乘客醒了，走道忙碌起來，機艙上頭的燈光被打亮，空服員又要來送餐了吧。

我盯著螢幕，飛機即將越過黑海，突然我好想看黑海一眼，轉頭用手勢跟老外示意。他貼心的點點頭，起身去化妝室，把座位讓給我。

貼著窗，我俯視黑海，深情地。在晨曦中這片曾經是希臘和羅馬文化發源地的海域，暗灰的臉龐逐漸亮起光澤，海面上沒有狂風巨浪的起伏，安詳得宛如莊嚴沉思的托爾斯泰；那伸長胳臂撫慰海水的陽光，則溫暖得有若堅毅慈悲的南丁格爾。

晨曦是暗夜的終結，是嶄新一天的開始，是希望與重生的新啟程。在黑海的上空，我如斯的祈禱著。

——二〇二三年五月三十日刊於《中華日報》副刊

菲斯閱讀的巨人

這一天來到摩洛哥最古老的城市菲斯（Fes），夜泊 PALAIS MEDINA & SPA 旅館。家樂福大賣場就在旅館旁，我眼熟，一時興起就過去探看跟臺灣的有何差別，回來時夜已深，因而失掉去使用這星級旅館設施的機會，覺得有點遺憾。

所幸隔天早起，巡公共區域一圈，欣賞了中庭的棕櫚樹和涼亭，以及美麗的游泳池，而後在 Lobby 竟然讓我遇見一位坐在椅子上專心閱讀的巨人，我的驚喜頓時填補了昨日的遺憾。

小時候看故事書，不論是《傑克與魔豆》裡養著會下金蛋的鵝的巨人、《格列佛遊記》裡把主角當寵物觀賞的大人國巨人、《阿拉丁神燈》裡會實踐主人願望的魔神巨人，或是《鏡花緣》裡腳下有彩雲托著行走的大人國巨人，都早已住進我的腦海裡。巨人總是身軀高大、擁有暗黑的魔法，或超人類的能力，每每都能隨心所欲，讓我稱羨又敬畏。

現在這尊約兩個人高銅鑄的巨人翹著腳，獨坐在大廳的一隅，藉由晨曦的微光捧讀，這份的安閒與優雅，簡直顛覆了我以往對巨人的印象。巨人如此地貼近，感覺平易近人，但是缺少魔法或超能力的加持，巨人還算巨人嗎？

難道他是被謫的巨人？就像西遊記裡的沙悟淨，原本是天庭武神，只因不小心打破琉璃盞被貶下凡，在流沙河當妖怪；這巨人可能也是因犯錯被貶來此，菲斯這座城市興建於西元七百八十九年，光是老城區就有九千條巷子，夠古老的，古老到可以置放我這樣天馬行空的遐思。

說實在我之所以會驚喜，是因為看到巨人在閱讀。閱讀不僅可以求得知識，也可以激發想像，是一種喜悅、一種成長和一種涵養。從年輕時代我就如此詮釋，而後不自覺的在生活中實踐驗證。

前些日子在國內搭區間車，鄰座來了一位老者帶著詩集上車，他攤開惠特曼《草葉集》閱讀，那專注的模樣、優雅的涵養讓我讚嘆，如果他只是莊嚴的坐著，沒有閱讀的加持，哪能贏得我的注目。

這次行旅我是帶著《居禮夫人傳》隨行，舟車勞頓之餘抽空重溫，感覺攤開書就會有一群鳥從扉頁飛出，這些鳥兒是要趕去居禮夫人少女時代的「遷徙大學」讀書，那時候他們的祖國波蘭被俄國統治，俄國的教育措施除了不准他們用波蘭語外，比較重要的學科也不教。瑪麗亞（居禮夫人的名字）和一群年輕的愛國青年，冒著被逮捕的危險，秘密的教導孩子學習，為了不洩漏秘密，常常都要更換場地，到處遷移就像候鳥一樣。

這則遷徙求學的故事早早就棲息在我的腦海，難怪看見這位閱讀的巨人會如此驚喜。但是，巨人需要閱讀嗎？他們在閱讀什麼？我跑到他背後去看他手捧的那本書，書上的文字彎彎曲曲的，是巨人國的母語，我一字也看不懂。

離開旅館前我深情地再看「落入凡間專注閱讀的巨人」一眼，回臺灣後上網，在這家旅館網頁的留言板，寫下第三九一則的評論：「謝謝，Lobby 這尊閱讀的巨人，給了我行旅的驚喜。」

——二〇一八年十一月九日刊於《中華日報》副刊

走訪墨爾本費茲洛伊花園

這一天下午墨爾本天氣晴朗，站在離地面兩百八十五公尺、南半球最高的建築物觀景臺尤利卡天臺（Eureaka Skydeck 88）環視，澳大利亞第二大城的城市樣貌一覽無遺。

如同第一次站在臺北一〇一觀景臺上，我就急著找尋陽明山、行天宮、貓空纜車這些自己曾經駐足的地方；在尤利卡天臺，我先找流淌市區的藍色雅拉河、澳洲網球公開賽場地墨爾本公園，以及一九五六年墨爾本奧運會圓形主場館，而後把眼神定焦在主場館左上的費茲洛伊花園（Fitzroy Gardens）。

忘卻身旁的遊客如織，盡情凝視剛剛去走訪的費茲洛伊花園，從觀景臺這個角度看，這二十六公頃大的園區林木蓊鬱，若是用 Google Maps 從上方俯視，就可看到由樹木所構成的英國國旗「米」字形圖案，這精心設計的心意，是我遠渡重洋來此造訪的動機之一。

費茲洛伊花園原是雅拉河流域沼澤，歷經規劃整建，一八四八年被永久保留為公共花園，並以新南威爾斯州州長費茲洛伊爵士的名字命其名。翻開澳大利亞歷史，一九〇一年各殖民區組成澳洲聯邦，成為大英帝國的聯邦，一九三一年取得內政和外交自主權，而為大英國協的獨立國家。多數澳洲白色人種的祖先是十九、二十世紀從英國移民，其主流文化源自英國，在這種時空背景下，公園設計有英國國旗圖案，園區景觀具有英格蘭風格，都是象徵溯源、傳承的具體展現吧！

第二個動機，比臺北大安森林公園大四點七倍、全臺最大的平地公園彰化溪州公園，聽聞是地方人士到費茲洛伊花園遊覽，驚豔其美麗氛圍，返國後積極籌建的。在世俗塵囂待久了，此種被美麗感動的能力，我早已遺落許多，正需要來此大把大把的挹注。

走進這座花園，花圃、噴泉、小湖、雕像的景色無不散發著濃濃的英國鄉村氣息，漫步在高聳參天的榆樹大道、綠草如茵的草坪間，聞嗅森林與田野交融所釀出的清新與芬芳，好獨特，好讓人通體舒暢。

奇妙的，墨爾本的二月雖屬夏季，在這兒卻能同時看到百花綻放的春天、鋪滿金黃落葉的秋天，以及殘花戀在枝頭的冬天，大自然這般豐厚多元，讓我深刻感受到生命的悸動。

有一對戀人在樹林裡收割戀情，用親暱的表情動作彩繪婚紗照，我只是路過，卻也深情注視，好把祝福送出。突然一陣呼聲：「拍我們，我們也很新喔！」那群伴郎伴娘看到我的相機紛紛擺起姿勢，有位男士還攤開兩手，要大大擁抱幸福似的，我連忙把這偶遇的美麗拍入境，並種在心田。

也許上輩子我是水手，這輩子才特別喜歡大航海家，在葡萄牙里斯本太加斯河畔，我抬頭瞻仰「發現者紀念碑」站在船艄、建立全世界第一所航海學校的恩里克王子；在西班牙哥多華的古羅馬橋，我尋覓為了實現夢想，幾番求見女王，曾在這座橋來回走過好幾趟的哥倫布足跡；而在費茲洛伊花園裡有一幢「庫克船長小屋」，可以用來緬懷大航海家庫克（一七二八至一七七九），正是我來此造訪的第三個動機。

庫克是英國皇家海軍軍官，曾三度奉派到太平洋探勘，是第一批登陸澳洲東岸的歐洲人，庫克船長小屋則是一七五五年庫克父母在英格蘭所建造的故居，被慈善家格里姆買下，一九三四年運到墨爾本重建，當為建城一百周年慶送給市民的禮物。

陽光普照在小屋古樸的磚瓦和煙囪上，牆外的花圃繁花錦簇，我佇立在仙楂樹下，欣賞從英國故居移植、現在仍攀爬在牆面的常春藤，不禁想起庫克的這句名言「我不打算止於比前人走得更遠，而是要盡人所能的走到最遠」。

十五世紀哥倫布冒險遠航的目標是亞洲，十八世紀庫克面對的是當時未知的南半球海域與南方大陸，難怪他會發下這句豪語自勉，只是令人惋惜的，五十歲那年在夏威夷島遇害身亡。

夜的帷幕緩緩落下，玻璃帷幕外的景觀逐漸隱去，費茲洛伊花園的身影也逐漸被甦醒的燈光佔據，我挪回眼神，心頭滿滿的豐收。

——二〇二三年二月二十八日刊於《中華日報》副刊

海牙和平宮的鴿影

午後天空烏雲密布，陽光從雲隙流瀉大地，「海牙和平宮」沐浴在光芒中。佇立在圍欄前凝望這座磚紅色外牆、九個拱門立面、兩層宮殿的新文藝復興式建築，兩側聳立的哥德式塔樓，塔尖直上雲朵蔽日的天空，正散發出一股神秘與莊嚴的氣息。

海牙和平宮並不是荷蘭皇室的宮殿，它的名字直白的道出了國際間對「世界和平相處」的祈願。

一八九九年為調停和仲裁各國之間的糾紛，由二十六個國家參與的「第一屆海牙和平會議」，決定在海牙成立常設的國際仲裁法庭，隨後，美國鋼鐵大王安德魯·卡內基捐款一百五十萬美元，一九〇七年興建一九一三年竣工，並命名為「和平宮」。可嘆的，隔年就爆發了第一次世界大戰。

海牙，荷蘭第三大城，中央政府所在地，眾多皇室家族成員居住之處，素有「皇家之都」之稱。

從阿姆斯特丹到鹿特丹，途中路過海牙，只能在此短暫停留，除了去市區逛華麗的商店街長廊、典雅的霍夫維弗湖外，怎麼會想要騰出時間來探望和平宮呢？沒能進去參觀，看一眼也好。但看一眼後卻不忍離去，我在圍牆外徘徊，繞著牆外鬱金香盛開的盆花走，走著走著腦海裡不禁浮現《梅森探案》影集裡的對白：

一位司法界的大老勸告律師梅森說：「真正的正義不存在，存在的只是正義的幻影，你以為法院是正義，其實你看到的是正義的幻影。」

梅森陰鬱著臉，在一陣子的沉默後，回應：「正義不是幻影，這個體制才是。至少，我得拾回一點公平……」

法院總被人們期待是評斷和實踐正義的地方。

一九五四年六月根據聯合國憲章、國際法院規約所成立的「國際法庭」就設在海牙和平宮裡。去年二月底烏克蘭向國際法院提起對俄羅斯的訴訟，三月中旬國際法院做出臨時裁決，要求俄羅斯立即停止在烏克蘭使用武力。可嘆的，一年多來，戰火煙硝仍持續著。

何謂正義，又如何實現正義？這個命題向來是哲學家們竭盡心智亟欲探究，並亟想提出解答的。

古希臘有一位哲學家問：「雅典城何時才能獲得正義？」沒有人回答，他喃喃自語的說：「只有當『那些沒有受虧待的人，比受虧待的人更感到不平之時』。」

大學時代修「特殊教育」這門學分，第一堂課許天威教授開宗明義的用這則對話，來勉勵日後想要從事特殊教育工作的人。這件好久好久前的往事，至今我都還記得清清楚楚。

正義的衡量不單只是來自法院的仲裁，也會來自每個人的心中，心中那把用民胞物與、設身處地和路見不平製成的尺。

又來了一群遊客，跟我一樣在柵欄外張望和拍照，接著到廣場的右側看「世界和平火焰」，然後排隊走「世界和平小徑」。世界和平小徑由來自一百九十六個國家的石塊所構成，象徵「大家需要合作和堅定信念，才能邁向世界和平的道路」。雖然沒有找到「代表來自臺灣的石塊」，但我的鞋子可以見證，見證我這輩子一直都踩在冀望世界和平的土地上。

「鴿子！」有一個金髮的小男孩，追著廣場上的鴿子喊。等他走近時，鴿子突然飛走了。他不知所措的杵在那兒。

「來，這兒有鴿子。」他的媽媽跑來，抱他到石椅上坐下，摟著他與鴿子圖案同框自拍。這一幕不僅溫馨了我，也讓我注意到廣場有這張馬賽克磁磚石椅，上面還貼有鴿子銜橄欖枝的圖案。

「鴿子銜橄欖枝」在《聖經》諾亞方舟故事裡，是代表人類和平、安全和新希望的意涵。顯然，它和世界和平火焰、世界和平小徑同樣，是有心設計的，都用來呈顯海牙和平宮的宗旨。

要離開了，我回眸望望海牙和平宮，轉頭回來看見小男孩偎在媽媽懷裡拍照，他舉高手正在和鏡頭裡的鴿子打招呼。一路上我想著：這隻和平鴿的影子，應該會留在小男孩的心坎上，至少有一陣子吧？

——二〇二三年六月三十日刊於《中華日報》副刊

霍夫維弗湖畔單車情

下午六點多了，海牙的陽光仍鮮跳在霍夫維弗湖（Hofvijver），湖裡有一群白鵝在樓宇的倒影間優游著。

這輛單車孤零零的杵在湖畔，跟我一樣在欣賞湖景吧。它橘色骨架、黑色坐墊，線條優雅的造型，使我忍不住多看幾眼。車主不在，八成是沿著湖徒步觀光去了。

霍夫維弗湖是十三世紀荷蘭伯爵所挖的人工湖，現今擴展到約三個足球場大。挖出來的沙子，堆在湖的北東兩側，變成長池山路和短池山路。長池山路有尼克蘭政治家「奧爾登巴內費爾特」雕像、提著裝有蘑菇籃子小男孩（Jantje）雕像；短池山路的莫瑞泰斯皇家美術館，收藏林布蘭《尼古拉斯．杜爾博士的解剖學課》、維梅爾《戴珍珠耳環的女孩》等名畫。

湖的南側是政府機關建築群，包括國會議事堂（內庭）、首相辦公室、騎士廳。從內庭右轉就回到單車停放的外庭路。美麗的湖景和富含荷蘭歷史文化、建築藝術，難怪會成為旅遊熱點，而我此時卻把眼神聚焦在單車上。

前幾天在阿姆斯特丹市區觀光，我就對單車特別有感。搭船遊運河後，回到中央火車站附近，同團有許多人去逛紅燈區，我坐在候車亭座椅，觀賞自行車專用道上馳騁的車子。雖然車速很快，但騎士大都會注意路況，避免撞到行人。

停車不易吧，有許多車輛被凌亂的停放。單車的鎖鏈和鎖頭，大都非常粗壯，想必是擔心車子被偷吧。車子被偷，很惱人、傷人，尤其是對成長中的孩子，心底難免會存有社會黑暗的陰影。這不是小事。童年時鄰里中有位大户人家的小孩，腳踏車被偷了，那天晚上我路過他家，聽到他被打得嚎啕大哭。掉了車子，又沒被家人同情，心裡的陰影是雙層的吧！

一九四八年出品的義大利電影《單車失竊記》，描寫二戰後的羅馬，男主角好不容易的找到貼海報的工作，想不到第二天賴以謀生的單車就被偷，他和他的孩子到處找都找不到，在無可奈何之下偷別人的車，卻被逮個正著。

這部片刻畫出濃濃的親情、複雜的人性，更映現當時經濟蕭條下，諸多的社會問題與公平正義，讓你特別有感。幸運的，我不曾掉過單車，單車還留給我有趣的回憶：

去屏東讀書那年，幾位同學到高雄市府後的舊車販售店，各買一輛騎回學校，來到高屏大橋時，同學「黑龜」的車子撞到橋墩，車頭歪扭不能騎了，橋頭的守衛來趕人，我們只好輪流扛著這輛車，走過這條長長的高屏大橋，惹來不少路人的側目。

專二暑假，聽說阿瑞同學住在「深山林內」，就約阿村騎單車去拜訪。早上，阿村從七股，我從麻豆，兩人在西港會合後往山巒騎，「盤山過嶺」到龍崎，找人家問「田草埔」在哪，又爬好長的一段坡路，到達山路盡頭的阿瑞家已是中午，看見阿瑞時，我倆都大汗淋漓的、飢腸轆轆的說不出話來。

常有人說我像風，流浪的風。我不太了解他們的意思，不過騎單車，最能感覺到「迎面的風」讓我油然而生的喜悅。

記得陳冷那篇被選入年度小說的《風從哪裡來》，有一對情侶，男生有錢買了轎車，開車載女生兜風，剛開始女生覺得汽車裡有冷氣很舒適，後來她察覺自己失去了以前兩人共騎機車的「風」，小說中的「風」隱喻了「親密」與「浪漫」吧。

騎單車除了浪漫感外，用自己呼吸步調踩動車子，在現代緊張的生活裡，更能得到自我釋壓的輕鬆感。有一年去西班牙巴塞隆納，遊覽車的窗外有一輛單車跑來並行，探窗一看，原來它是被架在小轎車的車頂。多麼幸福呀，有主人鍾愛才會帶它去旅遊、去踏青釋壓。我不禁凝視著它，直到它在眼簾裡消失。

外庭路上有一輛電車噹噹而來，電車廂的彩繪圖案顯得活力十足的；長池山路有一位長髮女孩騎著淑女車，她把車子停在橋邊，走去路口的華夫餅攤排隊，陣陣鬆餅的香味，沿著霍夫維弗湖邊飄來引人垂涎。

要去晚餐了，我深情地再看湖畔單車一眼，而後趁著陽光還在，把自己的影子落在單車上合影。

——二〇二三年八月三十日刊於《中華日報》副刊

走，到鹿特丹街頭拾趣去

走，到鹿特丹街頭逛逛吧。

鹿特丹是荷蘭第二大城，六〇年代的世界第一大港，二戰時被納粹狂轟亂炸、大火延燒數日，使得整座城市頓成廢墟，然而戰後卻能浴火鳳凰般的重生，並成為全球矚目的摩登城市，實在讓人驚奇。

早就聽聞鹿特丹的建築逸趣橫生，今朝來此半日遊，心頭有「鹿」亂撞，便戴上愛德華・波諾（Edward de Bono）《教孩子思考》書裡那頂「趣味面思考帽」去尋寶，果然布萊克車站巨型圓盤的遮雨棚，好似外星人飛碟，心緒馬上隨著它飛離塵凡。

新瑪斯河的河岸餐廳，露臺大陽傘還縮著身子睡覺，有位穿制服的員工來了，他拿出鑰匙一打開廚房的門，被禁足整晚的燻味，就像聽到下課鐘響的小孩，一股腦兒的衝出門，我打個噴嚏，說：「早安。」意外的引來員工回應我：「Goedemorgen！」

這條街的紅磚牆散發臺灣情，既熟悉又親切。有一家理髮店的招牌夠藝術的，牆面懸掛藍白色旋轉燈，燈旁水藍色的梯形板上寫著「社區理髮店」，「shop」的 op 被設計成一把剪刀。

最有趣的是長方形的櫥窗上，除了貼有紅白藍色旋轉柱，還貼有長得像肯德基爺爺的白髮白鬍男士，等著剪刀和梳子的伺候。往裡面瞧，還沒營業，椅子上空空的，但我彷彿看到小時候的我，被祖母帶到剃頭店，坐在架在理髮椅上的洗衣板等著，乖乖的等著。

轉個彎威倫斯沃夫大樓矗立在眼前，它的附樓有一個九十公尺高，四十五度的斜坡很眼熟，那是電影《Who am I》裡，影星成龍從上頭急速滑下的場景，著實讓觀眾捏了一把冷汗。在這齣戲裡他扮演失憶的情報員，不知道自己是誰。嗯，人生斷了層，若不知何以接續，誰不會茫然呢？

主樓的頂層垂掛「Run your way」的巨幅廣告，有一位穿運動裝的女生，露出潔白牙齒，雙手擺動的跑著，好像在說：跑起來吧，跑向前方吧，別再一直想「我是誰」了，努力跑向健康的人生吧。

多幸運，《Who am I》與「Run your way」兩者原本不相識的句子，此時卻在我的心頭交融演化，心鼓就被敲得咚咚地響。

小時候我老以為每種物品都有自己的「家」，造句曾寫「媽媽帶我到鉛筆店買鉛筆」，這憑空想像的句子從此就被同學拿來當笑料，他們笑得前仰後合的模樣，到現在我都還記得。不過我的童心並沒有因此崩壞，如同至今仍深信童話裡的糖果屋，還藏在某個遙遠的森林裡一般。

不是嗎？現在前面就是一枝好大的鉛筆，《格列佛遊記》或是《傑克與魔豆》裡巨人遺落在人間的鉛筆吧。坐在車站地面廣場的椅子上，抬頭仰望這座六角形、筆尖朝上的「鉛筆屋」。嗯，住在裡頭的孩子好幸福，不用媽媽帶他到鉛筆店買鉛筆了，這枝筆夠他寫千百個輩子也寫不完。

朝左邊看就是赫赫有名的「立體方塊屋」，整排淺黃色的外牆，突出的屋角高懸在半空中，聽說建築師布洛姆（Piet Bloom）的構想，是受到童話森林故事的啟發，每棟房子代表一棵樹，每個方塊就是它的樹屋。在城市的水泥叢林裡建造樹屋，布洛姆的童心未泯呀。

「在樹林裡找一棵樹，搭建樹屋當秘密基地」是許多小孩子童年時的夢想，我錯過了，現在這兒目睹，也算補償了。

廣場的人群多了起來，享有最美市集盛名的「大市場（Markthal）」開始營業了，這棟建築佔地約足球場大，正面是拱形的玻璃帷幕，兩側的公寓樓裡面可住兩百多户人家，拱廊裡設有百個攤位、二十多間商店或餐廳，地下層有一千多個停車格，除了生活機能完善，市場又具多元文化生態，每年都吸引好幾百萬的外國遊客來此一遊。

我最喜歡的是挑高四十公尺的彩繪壁畫，它是目前世界最大幅的彩繪作品。一仰頭眼前全是鮮豔的、翠綠的蔬果，有香蕉、葡萄、草莓……，哇，每個都盛裝打扮準備去嘉年華似的，那就去加入童話詩人楊喚的〈水果們的晚會〉吧！

在市場裡的越南小攤，六歐元買了三個雞肉春捲，坐在廣場飛碟旁的長椅午餐，市場玻璃帷幕映著鉛筆屋和方塊屋，靜靜地陪我邊吃邊回味，回味這趟童趣盎然的鹿特丹街頭行。

——二〇二三年九月三十日刊於《中華日報》副刊

布魯日的天鵝遐想

這一天來到布魯日（Bruges），油然想起童話大王安徒生（一八〇五至一八七五）。布魯日是比利時的港市，由於保有眾多歐洲中世紀建築，又是早期尼德蘭繪畫的發源地，而成為國際觀光勝地。

這座素有「北方威尼斯」、「中古世紀睡美人」之稱的城市，吸引我的除了密布城區的河道，小橋流水旖旎風光，以及中古世紀紅磚哥德式建築之外，就是生活在湖泊和運河裡的天鵝了。

小時候天鵝就美美的藏在自己的心湖，牠高貴優雅像夜空的星鑽，只能遠遠的觀看，而今在這兒可以貼近欣賞，歡喜滿心，尤其聽聞這群天鵝出身不凡，是神聖羅馬帝國皇帝下令飼養的，更增添了牠們的神秘與尊榮。

相傳十五世紀布魯日被勃艮第公國統治，攝政王馬克西米利安欲對其提高賦稅，布魯日議會反抗，趁機把來訪的攝政王和官員關起來，布魯日的代理人彼特，還被抓到廣場砍頭。攝政王脫險，幾年後登上神聖羅馬帝國皇帝，為了報復頒旨剝奪議會對布魯日的管轄權，還拆除布魯日的城牆，又因為被砍頭的彼特，其姓氏蘭哈爾斯（Lanchals），佛蘭芒語是「長脖子」的意思，為了紀念這位忠實的愛將，便下令布魯日人必須在「愛之湖」供養五十二隻天鵝。

雖然是傳說但因有名有姓，故事裡也含有幾分真實讓人玩味。

「長脖子」，脖子長的頸鹿有七節頸椎，能上下左右轉頭的貓頭鷹十四節，天鵝則多達二十三節。天鵝擁有名副其實的修長脖子，無論是曲頸低頭細語、昂首遙望企盼，或是雙頸對嘴成「心形」，難怪都能顯得細緻典雅。

「養天鵝」，昔日皇帝對布魯日人的這個「處罰」，在今日反而變成是「恩賜」，這群天鵝已被世人視為是這座城市美麗、富貴與地位的象徵。

「愛之湖（Minnewater）」的湖名來自流傳的愛情故事：村裡有位老水手，女兒Minna與鄰村的勇士斯特龍戀愛，其父不知，要她嫁給外地的有錢人，她不肯，離家出走。勇士征戰後返鄉找不到她，最後才在乾涸的河床，找到奄奄一息的她，勇士把她埋在河床，為了懷念她便在此築壩，引水入河成湖。

天鵝配對後，經常形影不離展現純潔、忠貞的行為，皇帝要布魯日人把天鵝養在愛之湖，似乎也深含要布魯日忠誠的隱喻。

至於為什麼要養「五十二隻」，我還想不透其中的含義。在愛之湖的橋上，凝視白雲藍天、尖頂古堡倒映的湖面，數著散落在綠波上的白影少少的，只有幾隻有點失望，等來到貝居安修道院旁的水道則眼睛一亮。

這兒白天鵝群集，有的像篤定的船長挺著胸脯，從容的在河水上航行；有的像飄逸的仙子，踩著水面撲打翅膀迎風而飛；有的在草地的享受日光浴，有的埋頭梳理白瓷般的羽毛。

高情逸興的天鵝牧在清澈的河流、高大的樹林、修道院白色大門前的拱橋、中古世紀的建築之間，河邊又傳來馬蹄的噠噠聲，頓時把我拉到童話世界裡。

想起安徒生的《野天鵝》，十一位被王后用魔法變成天鵝的王子，為了救妹妹愛麗莎逃離魔掌，銜起網子把她帶向天空，最小的哥哥還用翅膀幫她遮陽。

安徒生自己不也就像《醜小鴨》，一隻外表醜陋的小鴨，最終變成美麗的天鵝。他十一歲喪父，十四歲帶著僅存的十三個銀幣，隻身從家鄉到哥本哈根尋夢，但屢遭挫折，在心灰意冷之際，突然想起幼年時，有位老婦人曾跟他媽媽說：「這個孩子將來會像天鵝般飛得高高的，我們家鄉也會因他而舉世聞名。」於是打消輕生念頭繼續奮鬥，後來這個「天鵝預言」果然被他實現了。

一八三七年安徒生發表《美人魚》，隔年創作這篇《野天鵝》，那年國王決定給他每年四百銀幣的年薪，幾年後又授予「教授」的稱號，一八六七年十二月六日他被封為故鄉「奧登斯的榮譽市民」，國王送來賀電，民眾拿著火把聚集在市府廣場唱著歌齊聲讚美他。

「只要你是天鵝蛋，就是生在養雞場裡也沒有關係」安徒生的童話深含人性真善美的寓意，兩百年來故事中的角色總能穿越時空，喚醒人們塵染的沉睡心靈，每每我都感受到他從中傳遞過來的撫慰和激勵。

到布魯日行旅可以搭馬車瀏覽這座古城；可以搭遊船巡禮歷史建築，而後，在巷弄的小店享用比利時巧克力，或是爬到廣場八十三公尺高的褐色鐘樓鳥瞰景物，而我卻情有獨鍾於在河道邊觀賞天鵝，也許我的心湖早就有安徒生的天鵝棲息了！

——二〇二三年十一月二十八日刊於《中華日報》副刊

臺南作家作品集全書目

● 第一輯

1	我們	・黃吉川 著	100.12	180元
2	莫有無——心情三印一	・白　聆 著	100.12	180元
3	英雄淚——周定邦布袋戲劇本集	・周定邦 著	100.12	240元
4	春日地圖	・陳金順 著	100.12	180元
5	葉笛及其現代詩研究	・郭倍甄 著	100.12	250元
6	府城詩篇	・林宗源 著	100.12	180元
7	走揣臺灣的記持	・藍淑貞 著	100.12	180元

● 第二輯

8	趙雲文選	・趙雲 著・陳昌明 主編	102.03	250元
9	人猿之死——林佛兒短篇小說選	・林佛兒 著	102.03	300元
10	詩歌聲裡	・胡民祥 著	102.03	250元
11	白髮記	・陳正雄 著	102.03	200元
12	南鵲是我，我是南鵲	・謝孟宗 著	102.03	200元
13	周嘯虹短篇小說選	・周嘯虹 著	102.03	200元
14	紫夢春迴雪蝶醉	・柯勃臣 著	102.03	220元
15	鹽分地帶文藝營研究	・康詠琪 著	102.03	300元

● 第三輯

16	許地山作品選	・許地山 著・陳萬益 編著	103.02	250元
17	漁父編年詩文集	・王三慶 著	103.02	250元
18	烏腳病庄	・楊青矗 著	103.02	250元
19	渡鳥——黃文博臺語詩集1	・黃文博 著	103.02	300元
20	噍吧哖兒女	・楊寶山 著	103.02	250元
21	如果・曾經	・林娟娟 著	103.02	200元
22	對邊緣到多元中心：台語文學 ê 主體建構	・方耀乾 著	103.02	300元
23	遠方的回聲	・李昭鈴 著	103.02	200元

● 第四輯

24	臺南作家評論選集	・廖淑芳 主編	104.03	280元
25	何瑞雄詩選	・何瑞雄 著	104.03	250元
26	足跡	・李鑫益 著	104.03	220元
27	爺爺與孫子	・丘榮襄 著	104.03	220元
28	笑指白雲去來	・陳丁林 著	104.03	220元
29	網內夢外——臺語詩集	・藍淑貞 著	104.03	200元

● 第五輯

30	自己做陀螺——薛林詩選	・薛林 著・龔華 主編	105.04	300元
31	舊府城・新傳講——歷史都心文化園區傳講人之訪談札記	・蔡蕙如 著	105.04	250元

32 戰後臺灣詩史「反抗敘事」的建構	· 陳瀅州著	105.04	350 元
33 對戲，入戲	· 陳崇民著	105.04	250 元

● 第六輯

34 漂泊的民族——王育德選集	· 王育德原著 · 呂美親 編譯	106.02	380 元
35 洪鐵濤文集	· 洪鐵濤原著 · 陳曉怡 編	106.02	300 元
36 袖海集	· 吳榮富 著	106.02	320 元
37 黑盒本事	· 林信宏 著	106.02	250 元
38 愛河夜遊想當年	· 許正勳 著	106.02	250 元
39 臺灣母語文學：少數文學史書寫理論	· 方耀乾 著	106.02	300 元

● 第七輯

40 府城今昔	· 龔顯宗 著	106.12	300 元
41 臺灣鄉土傳奇 二集	· 黃勁連 編著	106.12	300 元
42 眠夢南瀛	· 陳正雄 著	106.12	250 元
43 記憶的盒子	· 周梅春 著	106.12	250 元
44 阿立祖回家	· 楊寶山 著	106.12	250 元
45 顏色	· 邱致清 著	106.12	250 元
46 築劇	· 陸昕慈 著	106.12	300 元
47 夜空恬靜一流星 台語文學評論	· 陳金順 著	106.12	300 元

● 第八輯

48 太陽旗下的小子	· 林清文 著	108.11	380 元
49 落花時節——葉笛詩文集	· 葉笛 著 · 葉蓁蓁 葉瓊霞編	108.11	360 元
50 許達然散文集	· 許達然 著 莊永清 編	108.11	420 元
51 陳玉珠的童話花園	· 陳玉珠 著	108.11	300 元
52 和風 人隨行	· 陳志良 著	108.11	320 元
53 臺南映像	· 謝振宗 著	108.11	360 元
54 【籤詩現代版】天光雲影	· 林柏維 著	108.11	300 元

● 第九輯

55 黃靈芝小說選（上冊）	· 黃靈芝 原著 · 阮文雅 編譯	109.11	300 元
56 黃靈芝小說選（下冊）	· 黃靈芝 原著 · 阮文雅 編譯	109.11	300 元
57 自畫像	· 劉耿一 著 · 曾雅雲 編	109.11	280 元
58 素涅集	· 吳東晟 著	109.11	350 元
59 追尋府城	· 蕭文 著	109.11	250 元
60 台江大海翁	· 黃徙 著	109.11	280 元
61 南國囡仔	· 林益彰 著	109.11	260 元
62 火種	· 吳嘉芬 著	109.11	220 元
63 臺灣地方文學獎考察——以南瀛文學獎為主要觀察對象	· 葉姿吟 著	109.11	220 元

● 第十輯

64 素朴の心	·張良澤 著	110.05	320 元
65 電波聲外文思漾——黃鑑村（青釗）文學作品暨研究集	·顧振輝	110.05	450 元
66 記持開始食餌	·柯柏榮 著	110.05	380 元
67 月落胭脂巷	·小城綾子（連鈺慧）著	110.05	320 元
68 亂世英雄傾國淚	·陳崇民 著	110.05	420 元

● 第十一輯

69 儷朋／聆月詩集	·陳進雄·吳素娥 著	110.12	200 元
70 光陰走過的南方	·辛金順 著	110.12	300 元
71 流離人生	·楊寶山 著	110.12	350 元
72 臺灣勸世四句聯一好話一牛車	·林仙化 著	110.12	300 元
73 臺南囝仔	·陳榕笙 著	110.12	250 元

● 第十二輯

74 李步雲漢詩選集	·李步雲 著·王雅儀 編	111.12	320 元
75 停雲——粟耘散文選	·粟耘 著·謝顗 編選	111.12	360 元
76 解剖一隻埃及斑蚊	·王羅蜜多 著	111.12	220 元
77 木麻黃公路	·方秋停 著	111.12	250 元
78 竊笑的憤怒鳥	·郭桂玲 著	111.12	220 元

● 第十三輯

79 拈花對天窗一龔顯榮詩集	·龔顯榮 著·李若鶯 編	112.10	250 元
80 我在；我在鹽鄉種田	·林仙龍 著	112.10	360 元
81 向文字深邃處摘星——華語文學評論集	·顏銘俊 著	112.10	300 元
82 記述府城：水交社	·蕭　文 著	112.10	280 元
83 往事一幕一幕	·許正勳 著	112.10	280 元
84 南國夢獸	·林益彰 著	112.10	360 元

● 第十四輯

85 拾遺集	·龔顯宗 著	114.08	250 元
86 每個晨讀都是簡樸的邀請	·蔡錦德 著	114.08	300 元
87 毋 - 捌 --ê	·陳正雄 著	114.08	250 元
88 再來一杯米酒	·鄭清和 著	114.08	350 元
89 司馬遷凝目注視	·周志仁 著	114.08	300 元
90 拾萃	·陸昕慈 著	114.08	350 元

臺南作家作品集 86（第 14 輯）02　每個晨讀都是簡樸的邀請

作者　蔡錦德
總監　黃雅玲
督導　林韋旭、林喬彬、方敏華
主編委員　王建國、陳昌明、廖淑芳、田運良、張俐璇
行政編輯　王世宏、李中慧、劉亦慈、鍾尚佑

社長　林宜澐
執行編輯　王威智
封面設計　黃祺芸

出版　臺南市政府文化局
永華市政中心｜708201 臺南市安平區永華路二段 6 號 13 樓｜06-2991111
新營文化中心｜730210 臺南市新營區中正路 23 號 5 樓｜06-6324453
網址｜https://culture.tainan.gov.tw/
蔚藍文化出版股份有限公司
110408 臺北市信義區基隆路 1 段 176 號 5 樓之 1｜02-22431897
臉書｜https://www.facebook.com/AZUREPUBLISH/
讀者服務信箱｜azurebks@gmail.com

總經銷　大和書報圖書股份有限公司
24890 新北市新莊市五工五路 2 號｜02-89902588
法律顧問　眾律國際法律事務所
著作權律師　范國華律師
電話｜02-27595585
網站｜www.zoomlaw.net
印刷　世和印製企業有限公司

定價　新臺幣 300 元
初版一刷　2025 年 8 月

ISBN　9786267719206（平裝）
GPN　1011400644｜臺南文學叢書 L170｜局總號 2025-811

國家圖書館出版品預行編目 (CIP) 資料

每個晨讀都是簡樸的邀請 / 蔡錦德著 . -- 初版 . -- 臺南市 : 臺南市政府文化局 ; 臺北市 : 蔚藍文化出版股份有限公司 , 2025.08
面 ;　公分 . -- (臺南作家作品集 . 第 14 輯 ; 86)
ISBN 978-626-7719-20-6(平裝)

863.55　　114008423